XAJKA

ХАЈКА

Братислав Росандић

Globland Books

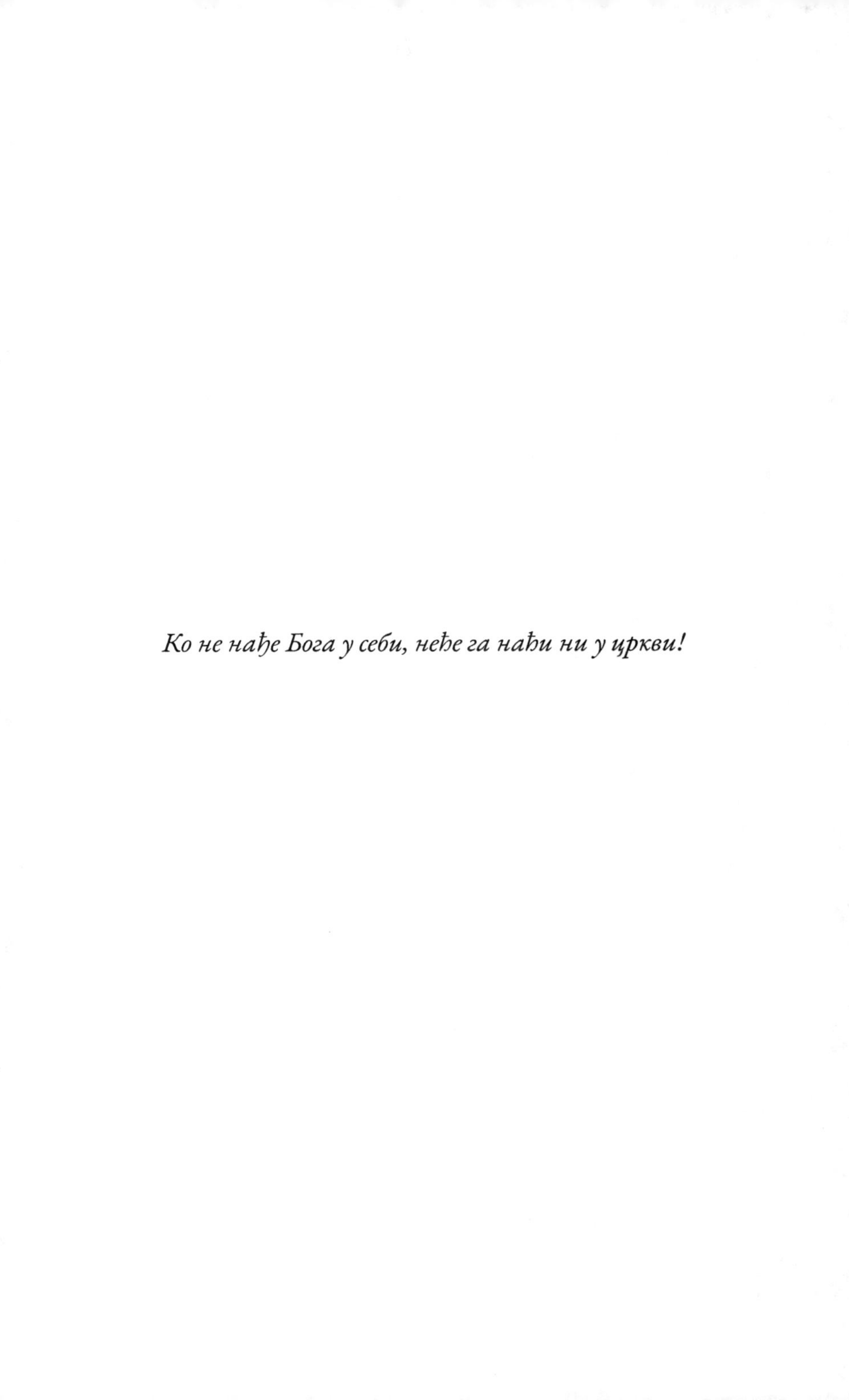

Ко не нађе Бога у себи, неће га наћи ни у цркви!

Дуњи и Хелени

Повратак

Није био бесан, ни љут, ни суза више није било у њему. Све што га је некада чинило човеком нестало је под врелим сунцем на овом голом каменом острву. Није имао храбрости да пљуне у лице чувару који му је донео радосну вест. Од данас је слободан човек. Можда је слободан, али човек!? После четворогодишње тортуре тела и душе, после понижавања и гажења свега људског у њему, питао се шта је остало од човека који је пре четири године још веровао у људе, у истину, у правду. Шта? Ни лик, ни тело, ни душа, али се родило једно ново осећање, осећање гађења према људима, према себи. Да је бар могао да пљуне себи у лице, било би му лакше. Да је имао храбрости да се убије, било би му још лакше. Са Голог отока одлази човек без ичега људског у себи, човек којем су затрли прошлост, згадили садашњост и отели будућност. Преживео је мртав човек. Није гледао у људе исте судбине, чија имена је знао, али их никада није гласно изговарао. Били су то људи угашених погледа, помућених разума, изгубљених, чемерних душа. Тучени су, али су и тукли, па су се бранили од своје савести гледајући у немирно модро море, које се уселило у њихове душе за сва времена. Голи оток их је одучио од показивања осећања. Док их је чамац одвозио са острва, празно су гледали у једноличне морске таласе, који су их уљуљкивали у поново рођеном осећању слободе. Уз звук мотора мале барке и пискаве галебове крике, Вукоје је залутао у своје нејасно сећање.

Четири године је размишљао где је погрешио и зашто је, без икакве оптужнице и суђења, кажњен овако сурово. Био је обичан шумар, који није много марио за политику, али му је, изгледа, политика дошла главе. Четири године су га терали да призна, а он није знао шта треба да призна. После *топлог зеца*, и неколико дана без спавања, признао је све шта су тражили. И кад је све признао, поново су тражили ново признање. Никада им није било доста. Уживали су у сваком новом признању, убијајући сваки траг људскости који је, можда, преживео претходно признање. Постао је и издајник и ненародни елемент. Признао је да је русофил, а није знао шта то значи.

Четири године су прошле у тешком, исцрпљујћем раду, у понижавању, у систематском доказивању његове потпуне безвредности. Док је имао цокуле на ногама, оне су му давале неку вредност. Када су му се цокуле распале од слане воде, јаког сунца и оштрог голооточког камена, чинило му се да је постао само покретна гомила смрдљивог меса, која више не реагује ни на увреде ни на батине. Четири године на Голом отоку угасиле су сјај људскости у његовим очима.

Данас, када је поново постао слободан, равнодушан је према својој слободи. Слободан је јер је издржао казну, али је постао заробљеник сећања на голооточку муку, која ће га пратити читавог живота.

Деветнаест бивших људи у загушљивом теретном вагону повезивали су догађаји које су сви желели да забораве. Од Бакра до Ријеке повезивала их је језива тишина, коју нису прекидали све време и која се чула боље од ритмичног клопарања теретног воза. Ћутање од Ријеке до Загреба, пратили су само уплашени, сломљени погледи, које су понели са голог каменог острва. Када су возом из Загреба кренули ка Београду, у вагону је још увек било деветнаест бивших људи. Сви су ишли у Србију, и сви су били Срби.

***

Док је воз лењо клопарао у истом ритму, Вукоје је радознало гледао кроз танак простор између дасака на страници теретног вагона. Чинило му се да препознаје крајолике које је много пута обилазио као шумар. Волео је шуму, свако дрво, сваки жбун, сва створења која су се одомаћила у овој лепоти. У природи се осећао слободним. Била је то дивља стаза његовог живота. Дете рођено под планином, заувек је везано за њу. Ма где да оде, понесе је у себи. И увек јој се врати. Само је питање колико ће времена повратак трајати и колико ће бола рањена душа носити у себи. Није био сигуран да ли је планина лепша лети, или зими. Волео је њено зеленило и летње, освежавајуће мирисе четинара, али је тек под снегом планина добијала кристално магичну лепоту. У шуми је проналазио свој мир. Били су једно, схватио је да и шума и он страдају од истог зла. Од човека. Из размишљања га је тргао звук кочница, па се окренуо на другу страну, где је мутним погледом препознао железничку станицу у Чајетини. Уз гласну шкрипу је отворио врата вагона, ставио ногу на метални степеник и лагано се спустио на земљу. Подигао је поглед, али га је, плашећи се да га неко не препозна, брзо оборио. Плашио се да људима више никада неће моћи да погледа у очи. Нељудима, још мање! Ово је било мало место, сви су се знали углаву, па се плашио прича које су, вероватно, пратиле његово одсуство из родне Чајетине. Ово сурово, потказивачко време је направило од њега човека другог реда.

Прошао је поред камене зграде железничке станице и упутио се ка центру села. Плашљиво је ходао земљом која је, после четири дуге године, препознала његове лагане, шумарске кораке. Вукоје је ишао према станици милиције безвољно, уплашено, не слутећи шта га тамо чека. А онда се сетио Јелице и осетио оштар бол у грудима. Од своје муке, заборавио је на жену која је после његовог хапшења остала незаштићена, сама у шумарској брвнари, окруженој шумом и животињама, али се Вукоје плашио других животиња. Плашио се људи.

На улазу у станицу милиције налетео је на Радована Чемеркића, друга из детињства, али га Радован није препознао, што је Вукоју потпуно одговарало. Спустио је поглед и ушао у приземну кућу, која је пре доласка нове власти била сеоска кафана. По понашању *народне* власти, ово је и даље била кафана. Овде се уживало у новој врсти опијања. Опијени влашћу, представници те исте власти кројили су законе по својој мери, од случаја до случаја. Могло им се, државу су изборили крвљу, па су сада решили да *поправе крвну слику*. Све им је одговарало, и чист ваздух, и забаченост Чајетине од главних путева, и четничка прошлост Златибораца, који су стегнутих зуба трпели комунистичку тортуру. Петокрака је овде била закон. За неке је закон постојао, а за друге је важила чувена Титова реченица: *Не морате се увек држати закона као пијан плота*. У случају Вукоја Курјаковића није било ни закона ни плота. Али, постојао је још један, неписан закон, закон људи овога краја. Памћење. Пре или касније, народно памћење ће свима пресудити. Народ је знао све. И ко је од Чајетинаца био у шуми за време рата, и какву капу је носио и како је лако мењао. Капа је многима сачувала главу, али не и образ. Једног дана, људи ће из свог памћења извући истину на видело и рећи је гласно, без страха. Једног дана...

Ушао је у зграду милиције и првом милиционару пружио папир који је носио са Голог отока. Четири дуге године батинања, туцања камена, повраћања и ждерања својих избљувака, преношења и враћања камења на исто место, четири године менталног и физичког иживљавања над њим стале су на само један папир, у само једну реченицу: *Ревидирао свој став.*

Милиционар је погледао у папир, вратио поглед на Вукоја и прстом му показао да пође за њим.

— Чекај ме ту — рекао му је са пуно важности, затегао униформу и одважно покуцао на врата.

— Уђи! — милиционар је затворио врата за собом, али је Вукоје ипак чуо добро познат глас. Није дуго чекао испред затворених врата, која је отворио исти милиционар и кажипрстом му показао да уђе у канцеларију.

Погледавши човека за радним столом, препознао је командира милиције, Љубодрага Танкосића, који му је узвратио радознао поглед скупљених очију, тражећи нешто познато у човеку који је стајао пред њим. Име му је било добро познато, али лик?

— Вукоје, јеси ли то ти? — устао је са столице, пришао Вукоју, и направио круг око њега. Покушавајући да споји познато име са сенком од човека, загледао га је са свих страна, па вртећи главом иронично наставио:

— Ко би рекô, чини ми се да си био виши, јачи, лепши, шта се десило... тамо? Шта рече, где си био све ове године?

— Радио сам у Словенији као шумар — Вукоје је следио директиве добијене на Голом отоку и завет ћутања голооточана, да никада никоме неће рећи где је био и шта је тамо радио. Четири године је био у Словенији и сада се вратио кући. Партија је тражила да ревидира свој став и да настави свој живот као да се ништа није десило.

— Словенија, кажеш!? — Љубодраг је лукаво намигнуо милиционару поред врата, уживајући у улози инспектора. Ово је било његово време.

— Добро си поцрнео у тој Словенији. Видиш како партија брине о теби. Ако затреба, опет ћеш ти, благо мени, у Словенију. Зато, памет у главу, Вукоје! — погледао га је са нескривеним уживањем у ситуацији која му је поправила расположење.

— Види, Вукоје — командир је сео за сто, погледао Вукоја у очи и наставио:

— Посао шумара те чека, никога нисмо поставили уместо тебе. Настави тамо где си стао, заборави шта је било и, види, памет у главу! — Љубодраг је устао са столице, окренуо се и погледао кроз прозор. Тиме је за њега разговор био завршен. Вукоје је кренуо да изађе, али је застао пред вратима. Полако се окренуо и распуклим гласом подсетио Љубодрага Танкосића да није све речено.

— Где је моја жена, Јелица? — као гром из ведрог неба, питање је окренуло Љубодрага Танкосића према Вукоју. Био је изненађен. Није очекивао да ће га Вукоје питати за Јелицу. Ћутећи је гледао у Вукојево згужвано лице, предуго тражећи речи којима би објаснио необјашњиво. Није их било, најлакше је било слагати.

— Није хтела да напусти шумарску брвнару, надала се да ћеш брзо да се вратиш. Неколико недеља после твог одласка, Балванићи су нашли празну брвнару, са траговима крви у њој, али... без њеног тела. Вукова је увек било у овом крају. Ти то знаш боље него ја, жао ми је... — док је тражио праве речи, Љубодраг је направио покрет руком који је привукао Вукојеву пажњу. На десној руци Љубодрага Танкосића недостајао је мали прст.

И да је хтео да заплаче, да закука, Вукоје не би могао. Мртав човек не плаче. Изашао је из канцеларије без речи. Све што је од њега могло поново да направи човека, нестало је. Оно што га је одржавало у животу на Голом отоку била је љубав према Јелици, вера да ће опет бити заједно, нада да ће створити велику, срећну породицу. Сада, тек сада је све изгубио. Преживео је голооточку муку, али Јеличину смрт није желео да преживи. Добро је знао шта треба да уради.

Само што је Вукоје изашао из канцеларије, Љубодраг је позвао дежурног милиционара. Знао је да су са Вукојем стигли и проблеми.

Када је милиционар Арсеније Балванић ушао у канцеларију, Љубодраг му је кратко, без околишања рекао:

— Јави твојима да се добро припазе, опет имамо шумара. Вратио се Вукоје Курјаковић — када је најмлађи Балванић изашао из канцеларије, Љубодраг се замислио. Прошавши прстима десне руке кроз косу, сетио се свега. Тај дан га *коље* годинама, никада га ништа није заболело као њен поносан поглед и њен презриви осмех.

***

После дуго времена, подигао је молећив поглед у небо. Мислио је да га после голооточких мука ништа не може повредити, да је на Голом отоку осетио најјачи бол у свом животу. Преварио се. Овај бол, бол за вољеном женом, болео га је више од батињања, понижавања и изживљавања над њим под врелим голооточким сунцем. Схватио је да је воли више него себе, да у себи носи љубав коју је, болом који га је обузимао, тек сада могао да измери. У избледелој шумарској униформи, коју је поново обукао када је одлазио са Голог отока, савијен од бола, глади и невере у људе, без лика по којем су га некада препознавали Чајетинци, Вукоје је ишао према кући у којој је рођен. Наду да ће га дочекати мајка Ружа распршили су крици гладних галебова. Напало га је сећање. Застао је, пуним плућима је удахнуо мирис мора и затворених очију видео болне слике са Голог отока. Поново је чуо речи Љубодрага Танкосића, које су га подсећале да су му уништили живот, да су му затрли огњиште. Питао се да ли би Јелица данас била жива да је њен отац, Симон Токаревић, био у партизанима, да није погинуо са кокардом на шајкачи. Нова власт није праштала родитељске грехе.

Страх који га је пратио док је ишао према кући у којој је рођен, сваким кораком га је све више обузимао. Када је угледао кућу свог детињства, схватио је да треба да продужи према гробљу. Мајка Ружа се преселила код оца. Напокон су заједно. Ружа је годинама чекала да се Станоје врати из рата, и дочекала. Годинама га је лечила, враћала му снагу да остави пород за собом. Сву своју мушку снагу Станоје је пренео на Вукоја, дао му живот и тихо се угасио 1925. године, седам година по завршетку рата. Тада није ни слутио да се спрема ново зло.

Вукоје је знао да је Ружа умрла од туге за њим, није више имала снаге да га чека. Носила је превише црнине за један живот. Жене овог краја су увек чекале своје мужеве, своје синове, али су их све ређе дочекивале. Научене на црне мараме, на бол и чекање, заборавиле су да плачу, само би им се отргао понеки јецај и молећиви поглед у небо. И то је било све. Мајка Ружа није дочекала сина, знала је да не би издржала. Први пут у свом животу мајка Ружа је одустала од чекања, и побегла у смрт.

Заболео га је несигуран поглед у затрављено гробље. Покушавао је да се сети где се налази очев гроб, али га је и сећање издало. Само, није сећање било једино шта га је уздало, синуло му је кроз главу, па је наставио потрагу за гробовима. Ишао је од камена до камена тражећи презиме које носи, али је, за ове четири дуге године, смрт донела велике промене у башти туге и заборава.

Дуго је погледом тражио бол, а онда је ногом запео за поломљену крстачу у високој трави. Сагнуо се, узео поломљену крстачу у руке и прочитао избледела слова на њој. Пољубивши нежно име своје мајке, вратио је крстачу на затрављену хумку, пољубио је камен са именом свог оца и заплакао. Ништа није могло да задржи његове сузе, сузе бола и среће. Најзад су били на сигурном, далеко од људске мржње, пакости и злобе. Вративши се са гробља, неодлучно је застао пред расклиманом трулом капијом. Питао се шта ће затећи у својој кући. Тугу и бол, то му је било сигурно. Размишљао је да ли да уђе, да још једном забоде трн у своје рањено срце, или да се повуче пред кукавичлуком који му није дао да отвори капију. Једно кајање му следује, знао је то. Неколико дугих тренутака се борио са собом пре него што је отворио капију и ушао у двориште. Трње, жбуње и висока трава, прекрили су дечје трагове, али су га напале слике детињства, слика мајке у црнини и сећање на тежак живот, на који се навикавао од малих ногу. Да ли се човек може навићи на муку, питао се Вукоје док је покушавао да отвори врата куће у којој је први пут заплакао.

Врата су му се опирала, спречавала га да уђе, да рани већ рањено срце, али их је Вукоје снажно гурнуо ногом и ушао у прашњаву, мемљиву кућу. Погледом је шетао кроз мрачну просторију, у којој је једва назирао свој дом. Преживели су само делови његовог живота, они болни, којих није желео, али је морао да се сећа. Потражио је прозор и, повукавши поцепану завесу, пустио да светлост пробије мрак, паучину и мемлу која га је подсећала на смрт. Погледао је у таванску греду изнад себе, која га је подсетила чему служи. Тражећи конопац, окретао се око себе, али није имао среће. Чајетинци би рекли да онај ко не зна да живи, не зна ни да се убије. А онда се сетио Јелице, сетио се речи Љубодрага Танкосића, у које није поверовао. Изашао је из куће и одлучно се упутио тамо где припада, у шуму.

***

Стигао је пре мрака, имао је тек толико времена да нађе лампу на гас и упали фитиљ. Изненадно светло у брвнари открило му је трагове дивљих животиња, али и трагове животиња сакривених иза људског лика. Свуда су се видели трагови борбе, све је било разбацано, поломљено, само је недостајало Јеличино тело да би био сигуран...

Да ли су је растргли вукови, или људи, питао се Вукоје гледајући у свеже вучје трагове, којих је било свуда по брвнари. Учинило му се да је непозван ушао у туђи дом, овде су вукови били домаћини. Поново је требало да се привикава на сопствени живот, кроз који ће га, верно и упорно, пратити тешка питања без одговора.

Гладан и уморан, решио је да се одмори, да све препусти сутрашњем дану. Јутро је паметније од вечери. Поправио је врата, тек толико да вечерас може мирно да спава и осигурао једини прозор на брвнари. Погледом је потражио своју пушку, али је на ексеру иза врата није било. Није био изненађен. Подигао је једну даску у самом ћошку пода брвнаре и извадио оно што му је било неопходно за живот у планини. Спустивши увијено шаторско крило на сто од поцепаних букових балвана, задовољно се осмехнуо. Када је одмотао шаторско крило, под стидљивим светлом лампе појавила се ловачка двоцевка, пун реденик с мецима и ловачки нож у кожној футроли. Напунио је двоцевку, сместио се на кревет и угасио лампу. Ово му је био најудобнији лежај у последње четири године. Са великом муком у себи, Вукоје се препустио ноћи. Није знао шта ће му ноћ донети, али се надао сну, било каквом сну.

Зора је стигла брже него што се надао, али јој је био захвалан. Овакву зору није имао четири дуге године. Све је мирисало, али не на море, со и батине. Ова зора је мирисала на слободу, на шуму, на Јелицу. Чинило му се да чује њене меке кораке по дашчаном поду, осећао је њено присуство у сваком делу брвнаре, а онда је отворио очи. Тек тада је видео да је брвнара за ове четири године *подивљала.* Била је стециште многих животиња, али му се чинило да је највише било вучјих трагова, и старих и свежих, као да су вукови свакога дана долазили у брвнару. То га је чудило, вукови се никада нису приближавали брвнари. Добро су знали домет карабина који је, после Вукојевог хапшења, неко узео из брвнаре.

Размишљајући о следећем кораку, отворио је врата свежем ваздуху. Погледао је у крошњу старог лужњака, који је ширио своје гране изнад брвнаре, па пребацио поглед на жбуње које се упорно приближавало брвнари као да је желело да је прекрије зеленилом. Пузавице су освојиле јужну страну брвнаре, а трњине, глогиње и дивље купине улазиле су кроз њен разваљен прозор. Пут до брвнаре се није распознавао у шибљу и трави која је поново заузимала своје место, а стаза која је водила дубље у шуму само се наслућивала у његовом несигурном сећању. Вукоје је знао да ће овај дан потрошити на борбу са шибљем, жбуњем, и болним сећањем на Јелицу.

Узео је малу секиру у руку и неодлучним погледом потражио шибље које му највише смета. Тада је приметио свеже животињске трагове испред брвнаре. Чучнуо је, погледао у вучје трагове, и подигао поглед ка шуми. Мирисао је и ослушкивао шуму неколико тренутака, па се вратио траговима. Био је то пар, вук и вучица. Тако близу човеку? Добро је познавао вучју нарав, па га је ово чудило и плашило. Вукови су једном осетили крв у овој брвнари, па сада долазе по још, закључио је Вукоје и пажљиво кренуо за траговима. Није дуго ишао. После десетак метара, трагови су нестали, као да их је неко обрисао. И то је било нормално за вукове, брисали су своје трагове да човек не би дошао до њиховог брлога. Али су му оставили трагове око брвнаре, да га упозоре, или заплаше?

Ушао је у брвнару, узео двоцевку и наслонио је на велики храст, који му је био верни пријатељ у шуми. Ако закаже двоцевка, његове гране су му биле последња шанса. После неколико сати чишћења, осетио је глад, дивљу глад и жеђ. Купине и боровнице нису биле довољне да му утоле глад. Узео је празну мешину од јареће коже, напуњену двоцевку и кренуо према извору. Најзад се осећао као део природе, газио је по шуми меко и тихо, као ловац или ловина, а био је и једно и друго.

Држећи руке високо испред очију, пробијао се кроз подивљало, густо зеленило. Тек када је стигао до извора, застао је и одушевљено погледао. Призор је био лековит. Док је Вукоје уживао у једноличном жубору, бистра вода се сливала преко глатког камења до његових скупљених прстију. Ово је сањао годинама. Вода! Има ли шта лепше од гашења жеђи овом изворском бистром водом, која мази грло док се слива у дубину жедне душе. Жедне воде и живота. Заболело га је то што човек, убијајући природу, убија и себе. Немоћно је одмахнуо главом и умио се хладном водом. То га је вратило суровом свету, подсетило га да је осуђен на живот Вукоја Курјаковића.

Напунивши јареће мешину водом, полако се враћао ка брвнари. Трудио се да буде што тиши, да сам себе не чује. Тишина му је у шуми била најбољи пријатељ. Застао је у густом зеленилу, наслонио се на дебело стабло цера и заледио поглед према брвнари. Чинило му се да некога има унутра, притајио се и чекао, као што ловац чека свој плен.

Није морао дуго да чека. Када су се врата отворила, из брвнаре је изашао Радован Чемеркић, његов друг из детињства, чији поглед је Вукоје избегао јуче, на улазу у станицу Народне милиције. Радован му је био близак у детињству, али је ћудљиво време лако мењало људски карактер, па се Вукоје питао шта тражи Радован Чемеркић у шумарској брвнари. Да не би узалуд разбијао главу, изашао је из заклона и лагано кренуо ка ненаданом и непозваном госту.

— Којим добром, Радоване? — погледао је у правцу непозваног госта, па брзо склонио поглед у страну. Навике са Голог отока су још увек струјале његовим венама. Вукоје се више није плашио непријатеља, већ пријатеља. Оних најближих.

— Вукоје, јеси ли то ти? — скоро радосно је изговорио Радован, али се није осмехнуо. Знао је да је његов осмех сада био непожељан.

— Ја сам, Радоване, откуд ти?

— Чуо сам да си се вратио, дошао сам као пријатељ.

— Важно је да одеш као пријатељ. Мени је пријатељ требао пре четири године, данас...

— Пара и пријатеља никад доста, Вукоје — Радован се нелагодно осећао, успомене на дечачке и момачке дане избледеле су за ове четири године. Схватио је да пред њим стоји рањени вук, који више ником не верује. За чије пријатељство поново треба да се избори. Сетио се њиховог детињства, времена проведеног у школској клупи, сетио се како је скупа реч коју је изговорио, која га је сада заболела више него Вукоја. Јер речи знају да заболе, да посеку, али и да издају...

— Некада су се прави пријатељи много разликовали од непријатеља, Радоване — скупио је снагу да Радована погледа у очи. Пред њим је стајао онај исти Радован, али Вукоје више није био исти.

— Можда сам поранио, размисли. Моја су ти врата увек отворена — не чекајући одговор, Радован се окренуо и брзо нестао невидљивим кривудавим шумским путељком, остављајући Вукоја да тужно гледа за њим. Када је Радован замакао дубоко у шуму, Вукоје је ушао у брвнару и видео разлог Радовановог доласка. На столу су се налазиле две велике папирне кесе пуне хране, тегла масти, велико парче суве сланине и флаша млека, а повећи џак брашна био је наслоњен на кревет у ћошку брвнаре. Отворивши папирне кесе, видео је да је Радован мислио на све, ту је било и соли и шећера, свега онога што му је требало, а није могао да купи јер није имао новца. Све што је имао, изгубио је у једној ноћи. Углед, посао, пријатеље, Јелицу. Данас је Вукоје почео да живи нови живот, али више није веровао никоме, па ни Радовану Чемеркићу, који му је оставио храну у брвнари.

Балванићи

Теофил Балванић је ћутке саслушао свог сина Арсенија. Када је схватио поруку, стегнутих зуба је завртео великом косматом главом, почешао прстима браду и бесно опсовао:

— Јебем му трулу сису мртве матере у ладном гробу! Ја ћу да сечем шта ја хоћу и где ја хоћу! Балванићи ником не полажу рачуне, па неће ни једном голооточанину, је л' јасно!? — погледао је у Јагоша, Радоша, Арсенија, тачно тим редом, јер су им њихове године одређивале место и важност у породици Балванић. У породици Теофила Балванића знао се ред, породични закони су се поштовали, али не и закони који су штитили државну имовину од њих. За њих су ти закони били мртво слово на папиру. И не само за њих. Сличан се сличном радује, па су Балванићи пронашли сродну душу у лику командира милиције у Чајетини. Док су Балванићи секли државну шуму, Љубодраг Танкосић их је штитио. Све пријаве поштеног шумара завршавале су у радном столу командира милиције, па је Вукоје Курјаковић запретио Теофилу Балванићу да ће све пријавити министру унутрашњих послова Републике Србије, другу Крцуну. Када је то сазнао, Љубодраг Танкосић је реаговао брзо и одлучно, као прави комуниста. Вукоје Курјаковић је без велике галаме и суђења завршио на Голом отоку. Била је довољна само једна пријава, а то је био најмањи проблем. У то несрећно и погано време, лаж је била најефектније оружје за склањање неистомишљеника с пута, па су многи Чајетинци напредовали у државној служби захваљујући свом потказивачком таленту. У то време, власт је у људима провоцирала њихове најгоре особине. Окретала је сина против оца, брата против брата, кума против кума.

— Сутра настављамо, али проредите сечу. Обарајте свако друго стабло, је л' јасно? — Теофил је погледао у синове и бесно хукнуо. Четири године су радили шта су хтели, а сада се шумар вратио. Мораће да смисле нешто ново.

***

Вукоје се осећао као препорођен. После само две ноћи у брвнари, вратила му се снага, пробудила му се воља за животом, која је заспала под врелим голооточким сунцем. Отворио је врата брвнаре и протегао своје згужвано тело. Тело се полако усправљало. Усправљао се и његов дух, чинило му се да га природа лечи, да поглед у шумско зеленило полако прекрива трагове болног сећања. Дубоко је удахнуо свеж, планински ваздух, који му је резао груди и погледао у чисто небо, прободено високим позлаћеним боровима. Вукоје је уживао у пробуђеном осећају бола који је отупео од свакодневног батинања на голом каменом острву. Поново је осећао бол у телу, али га је сада заболела и душа. Лакше је подносио батине, понижавање и мучење, него чињеницу да га је служби потказао неко од његових Чајетинаца. Увек те уједу најближи, пала му је на памет стара истина, али Вукоје није имао најближе. Осим мајке, имао је само неколико другова са којима је протрчао кроз лепе и ружне догађаје у детињству. Момачки дани су били већ нешто друго. Сетио се заједничких опијања у *Ериној кафани* која су још више зближила Вукоја и Радована. На срећу, то није дуго трајало. Када је Вукоје испросио Јелицу, све ређе је одлазио у кафану. Чинило му се да је у Јелици пронашао другу половину своје душе, свога тела. Срећу и мир. Заболело га је сећање на њен звонки смех, па се тргао из мисли које су га разједале. Ма колико његов живот био суров, Вукоје није имао други. Затворио је очи и дубоко уздахнуо. Оно што га је на Голом отоку одржавало у животу, сада му је било највећа казна. Сећање.

Обилазећи брвнару, загледао је сваки педаљ земље и поново открио вучје трагове. Синоћ је чуо вучје кораке око брвнаре, али је наставио да спава желећи да одморан дочека јутро. Решио је да данас пође дубље у шуму, да пронађе власнике трагова који му окружују брвнару. Мора да се зна ко је главни у шуми. Четири године су то били вукови. Синоћ су шетали око брвнаре као да су осећали његов страх. Вукоје је решио да потражи вука који му дугује крв, Јеличину крв.

Навукао је чизме, ставио шешир на главу, пребацио двоцевку преко рамена и препустио се животињском инстинкту, који би потекао његовим венама кад год крене у лов. Ово је био одговор на изазов, одговор на остављање вучјих трагова око његове брвнаре. Вукоје је кренуо на звер која му је уништила живот. Вратила му се спретност, а брзина за коју је мислио да је умрла на Голом отоку поново је била део њега. Провлачећи се кроз шибље и ниско растиње, Вукоје је освајао благе успоне, прошаране буквама и храстовима, и најзад стигао до стрмих падина на којима су царовали четинари. Бели и црни борови су високо штрчали између смрча и јела, које су заостајале висином, али не и лепотом. Овде је природа била на сигурном, далеко од ловокрадица и неконтролисане сече шуме. Опијен шумом, Вукоје је заборавио да је кренуо у лов. Ослонивши се на стабло црног бора, полако се спустио на мекану земљу. Тишина је била све што се могло чути на прелепим, златиборским падинама. Овде је све било на свом месту, и биљке и животиње. Овде је владао закон природе, закон шуме, који се није мењао вековима. Овде је важио закон преживљавања. Животиње нису ловиле из задовољства, већ због опстанка. А онда је човек донео закон иживљавања. Над природом и животињама.

Затворивши очи, Вукоје се опет препустио мислима. Сетио се њеног благог, заљубљеног погледа, чуо је њен звонки смех, а онда је осетио чудну енергију између обрва. Осетио је да га неко посматра. Полако је подигао главу и лагано загледао шуму око себе. Није приметио ништа сумњиво, али када је узео пушку у руку, затреперело је лишће у шибљу. Вук је искочио из свог склоништа и побегао дубоко у шуму. До Вукоја је стигло само шуштање сувог лишћа, а лагани залутали ветар је, са мирисом четинарске смоле, донео и оштар лелујави мирис дивље звери.

Пребацио је пушку преко рамена и кренуо даље, покушавао је да прати траг звери, али је брзо одустао. Ако он не нађе вука, вук ће наћи њега. Само што је помислио да је време за повратак у брвнару, чуо је слабашне, ритмичне одјеке, који су се једва пробијали између тананих јела и високих борова. Препознао је ударце секире у стабло, полако се окренуо око себе да буде сигуран одакле долазе, и кренуо ка њима.

Што се више приближавао, ударци су били све јаснији. Поново му се вратио чвор између обрва, и бол. Није више било сумње, неко је секао шуму. Неко? Знао је с ким има посла, па је, полако пришавши на сигурну раздаљину, угледао старе знанце. Балванићи су секли државну шуму без дозволе. У ствари, њима дозвола никада није требала. Вукоје је знао да ће, после толико година крађе државне шуме, тешко натерати Теофила Балванића да се врати поштовању закона. Запањено је гледао добро организовану крађу.

Док су једни секли, други су воловима извлачили балване до импровизованог пута, поред којег су поређани балвани чекали превоз. Све је било добро организовано, све осим чињенице да се шумар вратио и да нема намеру да затвара очи пред крађом државне имовине. Вукоје је знао да Балванићи не презају ни од чега, поготово у шуми, без сведока, па је с пушком у рукама пришао на десетак метара од Теофила Балванића. Изненађен, али не и уплашен, Теофил је без речи гледао у Вукоја. Цинични осмех му није силазио са лица.

— Срећан рад! — Вукоје је погледао у Теофила очекујући његову реакцију. Знао је да се Теофил ничега не плаши, али је голооточко, сурово време убило сваки страх и код Вукоја...

— Курјаковићу! — једва савладавајући бес који га је обузимао, Теофил је наставио: — Било би боље да се ниси вратио. Веруј ми, свима би било боље, чак и теби. Није шума за тебе, а ниси ни ти за њу, овде важе друга правила, Курјаковићу.

— Теофиле, дошао сам да те последњи пут опоменем, ово је државна шума и ти си ухваћен у крађи државне имовине. Сечеш необележена стабла. Теофиле, ти убијаш шуму. Нико није изнад закона, па ни ти.

— Слушај ме добро, Вукоје! Ја и твој покојни отац, Станоје, заједно смо препешачили Албанију. Заједно смо умирали на острву Видо и заједно пробили Солунски фронт. Не памтим колико пута смо један другом спасли живот, али, ако ми станеш на пут, тако ми јединог Бога, убићу те! — крваво гледајући Вукоја у очи, кроз зубе је просиктао Теофил Балванић.

— Је л' тим, мојим карабином? — Вукоје је без страха погледао у Јагоша, који га је гледао полузатвореним очима. Најстарији Теофилов син је држао у рукама карабин који је, *неким чудом*, нестао из шумарске брвнаре пре четири године.

— Не, Вукоје, задавићу те овим рукама! — Теофил је подигао снажне мишићаве руке, које су посекле много стабала у државној шуми, и то без дозволе.

— Слушај ти мене, Теофиле Балванићу! Не прети мртвом човеку. Ја сам умро одавно, пре четири године. Ја немам шта да изгубим, јер ништа и немам. Погледај мало боље око себе. Имаш три сина, грех би био да ти унуци расту без очева. А то може лако да се деси! — рекао је Вукоје одлучно, без трунке страха у себи и полако се упутио ка шуми.

Јагош Балванић је подигао карабин и спремно чекао очеву дозволу. Подигавши мишићаву руку, Теофил је погледао према радницима који су воловском запрегом извлачили балване. Било је превише сведока, згужваног лица је погледао у сина и руком оборио цев карабина којим је Јагош држао Вукоја на нишану.

— Завршавајте посао, за данас је доста — био је бесан, мислио је да се решио шумара, али је сада схватио да је негде погрешио. Бришући рукавом знојаво чело, Теофил је гледао према путу на којем је био паркиран камион.

— Да утоварујемо? — очекујући одговор, Јагош и Радош су погледали у Теофила, али одговор нису чули. Теофил је само климнуо главом и незадовољно кренуо према човеку који је, стојећи поред сивомаслинастог камиона, махао високо подигнутом руком.

***

Тргнувши се из сна, схватио је да се налази у брвнари, али му је глас његове таште још увек одзвањао у глави. Већ другу ноћ заредом, Стаменија му долази у сан са истом реченицом: *Моје дете је живо, Вукоје.* Није му помогло ни упорно трескање главом, њен дрхтав глас га је подсећао да је умрла од туге, неколико година после смрти свог мужа, Симона Токаревића, убијеног у партизанској хајци на четнике крајем маја 1945. године.

Као да бежи од речи своје таште, устао је из кревета и изашао испред брвнаре. Протегао се, подигао мешину изнад главе и хладном водом протерао јутарњи мамурлук. Отресао је мокру косу и погледао око себе. Спустио је поглед на земљу тражећи вучје трагове, али их овог јутра није било. Изгледа да су вукови схватили да се вратио шумар, још када би то схватили и Балванићи, помислио је гледајући у крваво небо прободено високим боровима, кроз које су се пробијали први зраци сунца. Када се сетио Балванића, нешто му је пало на памет. Четинари које они посеку вероватно завршавају у нечијој стругари. Мораће да се распита колико стругара има у околини, и ко су им власници. Тако ће затворити круг. Сви који учествују у крађи шуме, мораће да одговарају по закону. Вукоје је решио да заустави крађу државне шуме, да лоповима, ма како се они звали, стане на пут.

Решио је да овог јутра обиђе *Савичића главу*, па је пустио корак. Мораће поново да упозна шуму. Ма колико је бесправно и нехумано секли, за ове четири године шума је променила свој изглед. Подмладила се, згуснула, отишла у висину. Опирала се дивљој сечи, секирама и тестерама. Опирала се Балванићима, који су секли све пред собом, без милости. Најчешће је после њих остајала само празна ледина, која ће годинама чекати да јој неко стабло направи хлад. Уживајући у мирису шуме, Вукоје се полако пео према свом циљу. Сетио се јутра када је први пут повео Јелицу у шуму. Шума је и сада мирисала на њу, сећања су га напала, и победила. Спустио се на земљу, наслонио се на стабло беле букве и вратио се пет година уназад. То нико није могао да му отме, то је била последња танана нит која га је везивала за њу. Сећање...

Тргнувши се на изненадни шум, отворио је очи. Вук је непомично стајао поред младог бора и очима боје меда упорно гледао у Вукоја. Ово је била његова територија. Дуго су се гледали очи у очи, покушавајући снагом погледа да сакрију свој страх. Вукоје је направио покрет руком према двоцевки, пажљиво, да не уплаши вука. Када је поново подигао поглед, вука више није било поред младог бора, али се још увек осећао мирис дивље звери у ваздуху.

Вукоје се подигао, окренуо се пажљиво око себе и, са двоцевком у рукама, наставио да се тихо и максимално опрезно креће кроз шуму. Знао је да ово неће дуго трајати. Једна шума, а два господара, то никада није било. Вук му је показао да га се не плаши, а Вукоје је успешно прикривао свој страх. Сати су пролазили у ослушкивању шуме, у опрезним корацима и широким погледима. У лову човека и звери, у којем се није знало ко је ловац, а ко ловина. Дошавши на највишу тачку, погледао је Чајетину са висине. Био је слободнији него икад. Затворио је очи, удахнуо ваздух пуним плућима, и угледао Јелицу. Кад год затвори очи, она је ту, појави се са осмехом који га боли и лечи, који га подсећа да је више никада неће додирнути, пољубити, да је више никада неће загрлити. Од ње му је остало само нежно и болно сећање. Отворивши очи, зауставио је сузе које су пратиле свако сећање на Јелицу. Глад га је спасла, подсетила га да је време за повратак. Попио је гутљај воде из чутуре, задовољно обрисао уста рукавом знојаве кошуље и кренуо назад. Није се враћао истим путем. Желео је да осети шуму, сваки његов корак кроз шуму враћао му је самопоуздање које му је данас пољуљао крвави вучји поглед. Док се спуштао низ планину, опет је осетио оштар мирис звери и њен крвави поглед за вратом.

***

Паметни људи су одавно рекли да у рату нема победника. У рату сви губе. Ипак, та стара истина није баш увек тачна. Поготово није тачна у случају породице Мијајла Губеринића. Када су се у златиборском крају појавиле две војске различитих идеологија, Мијајло је лако одлучио да избегава обе. Да та, смутна времена преспава у добро маскираној земуници испод своје куће. Ту је и јео и пио и спавао. Никоме није веровао, осим својој жени. Двадесет две дуге године Јагодинка је стицала његово поверење. Надајући се наследнику, дочекали су позне године. Али, нада их је свакога дана све више напуштала. Када је стигао рат, потпуно их је напустила. Мијајло Губеринић је престао да се нада наследнику, сада је глава била најважнија. Решио је да сачува главу по сваку цену, чак и по цену образа. Човек може без образа, али без главе...

Кућа Мијајла Губеринића била је далеко од путева који се у рату избегавају, па је његова кућа постала веома прометна. Најчешће су свраћали четници, али су, јачањем партизанског покрета, у његову кућу почели да свраћају и партизани. Али, ни четници ни партизани нису у тој кући затицали домаћина. Изненадне госте је дочекивала његова жена, Јагодинка, коју војска није заплашила. На сто им је износила све што је имала, а, хвала Богу, било је и овчетине и сира и хлеба. Ако се испече још и гибаница, и потече шљивовица, ето весеља. Мало силом, мало милом, у једном таквом весељу Јагодинка је занела. Оно што је са Мијајлом чекала двадесет две дуге године, добила је у једној пијаној четничкој ноћи. Мијајло је сву ноћ слушао четничко оргијање, али му није падало на памет да промоли нос из добро скривене земунице. Једино што је запамтио био је карактеристичан мушки глас, који се до зоре преплитао са узбуђеним стењањем његове жене. Четници су добили храну, Јагодинка сазнање да није јалова, а Мијајло? Мијајло је добио највише. Добио је наследника, али и разлог да жени више никада не погледа у очи. Није се знало ко се кога више стиди. Мијајло и Јагодинка су наставили да живе са погледима у страну. Оно што су знали само они, закопали су дубоко у земуницу испод своје куће, и наставили да живе као да се ништа није десило. Убрзо је завршен рат, али и Јагодинкина трудноћа.

Освојивши власт, партизани су убрзо почели да се обрачунавају са четничким јатацима, па је и Мијајло дошао на ред. Знао је да ће једног дана неко почети да копа по његовом сећању, а он је, и поред жеље за заборавом, памтио све. Када је чуо глас Љубодрага Танкосића, Мијајло се следио. Није могао да повеже четника који му је остао дужан, и партизана који га испитује. А онда му је синуло.

— Друже поручниче, овога ми крста, код мене су свраћали и партизани. Јели су, пили и спавали у мојој кући.

— Куш, бре, багро сељачка! Четири године си хранио четнике, цео округ то зна!

— Друже капетане, зар се не сећаш? И ти си био у мојој кући, знаш где је кућа Губеринића, украј Криве Реке? — сваком новом реченицом, Мијајло је лукаво давао све већи чин и већу важност Љубодрагу Танкосићу.

— Не, лажи, ја тамо никада нисам био! — одлучно је рекао Љубодраг.

— Јеси, јеси, само си тада кокарду на шајкачи носио. Чак си нешто и заборавио, војводо...

— Шта сам заборавио, багро сељачка? — Љубодраг се наслонио рукама на сто и оштро погледао у Мијајла.

— Војводо Танкосићу, заборавио си да га извадиш — вртећи главом, Мијајло је лукаво гледао у Љубодрага Танкосића, који је поцрвенео, па побледео. Када је Мијајло споменуо кокарду, Љубодраг Танкосић се дубоко замислио, вратио се у време које је желео да заборави, и сетио се. Сетио се и Јагодинке, и гибанице, и да га није извадио.

— Марш напоље, стоко безрепа! — бесно псујући, Љубодраг Танкосић је избацио Мијајла из станице Народне милиције, али су га његове речи вратиле у четничке дане, који су данас непланирано изронили из његове прошлости.

Мијајло га је сада подсетио да је тешко, скоро немогуће заборавити оно што и други запамте. Што и друге боли. Поново се свега сетио, насмешио се, протрљао јаку браду прстима и сочно опсовао.

Мијајло се задовољно смешио док је ишао кући. Није знао да ће му оно чега се стидео једном спасти живот. Ипак, Љубодраг Танкосић му још увек дугује. А дуг је дуг, то се у чајетинском крају не заборавља.

***

Сходно свом карактеру, и тајни коју је носио у себи, Теофил Балванић је нагло, без куцања ушао у канцеларију командира милиције у Чајетини. Љубодраг Танкосић је изненађено подигао главу и развукао кисео осмех.

— Седи, Теофиле, баш сам се питао што те нема. Мада, знам да си у послу. Него, шта има ново, како напредује наш посао у Ужицу? Причај...

— Је л' ти то мене зајебаваш, Танкосићу!? — сео је на столицу и бесно погледао у Љубодрага.

— У чему је проблем?

— У чему је проблем!? Вратио си нам шумара и питаш ме у чему је проблем!

— Нисам ја вратио шумара, он је своје одлежао и сада се вратио на посао. Па не могу да убијем човека!

— Да, да, то је теби увек био проблем — са осмехом је рекао Теофил, гледајући Љубодрага презриво, са висине...

— Шта хоћеш да кажеш?

— Хоћу само да те подсетим да ти ништа није сметало да убијеш Јелицу! Друге можда можеш да лажеш, мене не!

— Нисам ја убио Јелицу! — изнервиран оптужбом, Љубодраг је подигао тон. Нагло је устао са столице и, наслонивши се рукама на сто, бесно погледао у Теофила.

— Добро знаш да сам те видео када си изашао из брвнаре крвавих руку! Отишао си из брвнаре без прста, Танкосићу! — Љубодраг је поново сео на своју столицу, протрљао браду и поново погледао у Теофила.

— А шта си ти тражио у брвнари?

— Исто што и ти, али ја не јебем после тебе, поготово не лешеве! Оставио си њен леш у брвнари, Танкосићу.

— А тело, шта је после било с телом, није могло тек тако да нестане, Теофиле!

— Само ја знам где је леш, и доказ против тебе! Твој прст међу њеним зубима. Танкосићу, моја уста су везана све док...

— Све док! — нарогушио се Љубодраг.

— Све док поштујеш договор, Танкосићу, је л' јасно?

— Где је леш, поново те питам?

— На сигурном месту, Танкосићу!

— Шта ћемо да радимо ако га нађе Вукоје?

— Тамо нико неће да га тражи, немој да бринеш, само ми скини шумара са грбаче!

— Па не могу поново да га пошаљем на Голи оток. Политичка ситуација се изменила, Теофиле! Ти то добро знаш.

— То је твој проблем, мој проблем су куће које правим за мене, тебе и друга из комитета. Нема грађе, нема кућа. Немам ја времена да се прегањам са шумаром! Смисли нешто, као што си смислио Голи оток.

— Треба ми времена, морам још једном да разговарам с њим, можда ће тада схватити да је најбоље да зажмури. Понудићу и њему део.

— Ради шта хоћеш, само ми га скини с врата — чим је изговорио реченицу, Теофил је, залупивши врата за собом, изашао из канцеларије и оставио Љубодрага Танкосића да тупо гледа испред себе. Тек када је изашао из станице милиције, Теофил је развукао осмех. Сетио се да је Јелица још увек била топла и жива. Тек када је завршио с њом, однео је њено тело у шуму и оставио га вуковима да заврше посао. Вукови су најбољи *чистачи*, после њих нема трагова. Теофил је знао да су звери разнеле Јеличине кости по Златибору, а што звери чељустима разнесу, то нико више не може да пронађе. Задовољно је хукнуо и кренуо у кафану, решио је да почасти животињу у себи хладним пивом.

Док је гледао у залупљена врата своје канцеларије, Љубодраг је, кроз маглу свог сећања, поново видео Јеличин крвави, презриви осмех...

***

Радован Чемеркић је седео за столом и замишљено испијао своје пиће. Када човек у кафани пије сам, или нико не жели да седи с њим, или му туга већ прави друштво. Радован Чемеркић је био сам из оба разлога. Под теретом гриже савести, Радован је изабрао самоћу, али не и тишину. Самотњаци су осуђени на кафану, на причу са чашом и тихо пропадање. Овде је најбоље чуо своје покајничке мисли, које су му наносиле бол, гужвале му чело, терале га да спас тражи у алкохолу, у вину и ракији, али није било лако. Савест је боље подносила алкохол, него Радован.

У овом, зверињем крају, људи су радо помагали, али су још раđе одмагали. Радован је размишљао о Вукоју, од малих ногу му је био најбољи пријатељ, а Радован је на то пљунуо. Да би добио посао у народној милицији, морао је да потпише пријаву против Вукоја. Танкосић га је уценио, обећавши му да то нико никада неће сазнати. Али, нико и није морао то да зна. Грижа савести је Радовану била највећа казна.

Док је мутно гледао у чашу на столу, Вукоје му је био у мислима. Кајање уз ракију прешло му је у навику, па је своју танану савест упорно тровао алкохолом. Као да га је тугом и грижом савести призвао, Вукоје је ушао у *Ерину кафану*.

У кафани са шест столова, лако је приметио самца који није подизао поглед са полупразне чаше. Чаша је била центар његове пажње. У њој је видео све. Видео је своју прошлост, своју садашњост и своју будућност, на коју је осуђен због једне лажи. Због само једне лажи. Вукоје је пришао столу, извукао столицу и сео наспрам Радована, који је полако подизао омамљен поглед са чаше. Видевши Вукојев лик испред себе, Радован је помислио да је већ пијан. Обично издржи до фајронта, па тек онда угледа Вукоја. Погледао је на сат, али је за њега време стало одавно, пре четири године. Питао се да ли је новац измишљен да би се сваком човеку одредила цена, или су му туђи греси само помагали да лакше заборави свој. Пружио је руку према Вукоју и додирнуо му лице. Када је осетио познати лик под прстима, пружио је и другу руку према његовом лицу, и заплакао.

Вукоје је добро знао како боли душа, али је знао и како се лечи пијанство. После четири дуге године, Вукоје се поново осећао као човек. Високо је подигао руку и позвао конобара.

— Две јаке црне кафе са лимуном. За трежњење! — вратио је поглед на Радована, али је његов поглед био неухватљив. Да је могао да се завуче под сто, да се прекрије прљавим, карираним црвено-белим стољњаком, Радовану би било лакше. Вукојев невини поглед, поглед рањеног човека који није тражио освету, разједао му је последње зрно самопоштовања. Његов живот се свео на грех, кајање, и утапање туге у кафани. Сада би се радо мењао са Вукојем, али у животу нема поправног. Остаје му само опијање танане савести у *Ериној кафани* и чекање фајронта.

— Попиј је на екс — Вукоје је знао како ће Радован да реагује на кафу. Много пута су заједно испијали горке, јаке црне кафе са лимуном, и повраћали после тога. Када је Радован попио кафу наискап, погледао је у Вукоја.

— А ти?

— Шта ја, ја нисам пијан — вртећи главом, одговорио му је Вукоје, па је Радован, направивши чудну фацу, попио наискап и другу кафу. Одвратан осећај у устима био му је добро познат, стегао је зубе и чекао реакцију стомака која је брзо стигла. Радован је истрчао кроз врата кафане и у млазу повратио све што је пио те ноћи. Његово кркљање на ћошку кафане никога није изненадило, то је био сасвим нормалан редослед ствари. Али, испирање желуца није испрало и грижу савести која га је сваке ноћи доводила у ову кафану. Када се усправио, обрисао је рукавом кошуље балава уста, ушао у кафану, и несигурним кораком дошао до кафанског стола.

— Откуд ти? — први пут ове ноћи Радован је погледао Вукоја као трезан човек. Није му било свеједно, још увек се борио са савешћу, са разједајућим осећајем кривице.

— Дошао сам да лично видим како се уништаваш. Шта радиш то, време је да се скрасиш, ожениш, да правиш децу. Мене су други уништили, а ти се сам уништаваш. Радоване, кафана ти је лош изговор за промашен живот — погледао га је као некад, као пријатељ са којим је делио све.

— Ако нисам знао достојанствено да живим, ваљда могу достојанствено да пропаднем, Вукоје. Мани се прича, дај да попијемо нешто? — поново је избегао поглед невиног човека, подигао је чашу и испио последње капи ракије. Ово су били тренуци који су одлучивали његову судбину.

— Нећу да пијем, треба ми твоја помоћ — погледао је Радована у очи и нагнуо се преко стола.

— Треба ти моја помоћ!? — изненађено је рекао Радован, немоћно се завалио у столицу и прекрио своје лице дрхтавим рукама. Погледом је шарао по кафани, тражећи спас од своје савести, па тек онда одговорио:

— Па ти си пијанији од мене. Ја не могу ни себи да помогнем, видиш ли на шта личим? — застао је као да чека одговор који није желео да чује, па се Вукоје наслонио лактовима на сто и опрезно наставио:

— Теофил Балванић и Љубодраг Танкосић заједно раде, питам се где завршава толика грађа? Знаш ли колико је шуме посечено за четири године. Вероватно снабдевају неко стовариште, изгледа да је велики посао у питању — мислио је да ће дуго чекати одговор.

— Већи него што мислиш — изненадио га је Радованов брзи одговор, па је Вукоје радознало очекивао наставак приче. Нестрпљиво је желео да зна истину, али се истине помало и плашио.

— Сви су умешани, почев од Теофила Балванића и Љубодрага Танкосића, па све до великог *главоње* у Окружном комитету за Титово Ужице... — после краћег, нервозног ћутања, одговорио му је Радован.

— И... Крцун!?

— Верујем да Крцун ништа не зна, али мислим да се неки његов даљњи рођак, презимењак, Миленко Пенезић, секретар Окружног комитета за Титово Ужице, лукаво крије иза његовог лика и дела — дубоко је уздахнуо у тишини као да размишља шта сме да каже, па је отворио напаћену душу и *пустио језик*:

— Све је организовано без грешке. *Југопетрол* из Београда је отворио неколико пумпи, али и стовариште грађевинског материјала у Ужицу. Директор стоваришта је зет Миленка Пенезића — застао је, спустио поглед на сто, па наставио:

— Али нико није рачунао на то да ће један мали, безначајан шумар бити проблем.

— Један мали, безначајан шумар је био сметња? Да ли је могуће!? И зато сам био на Голом отоку? — Вукоје је лагано климао главом, најзад је схватио узроке његовог страдања. Али још увек није знао све.

— Претио си да ћеш да идеш код Крцуна — Радован је рекао оно што је само Теофил Балванић требало да зна, али није више имао снаге за лажи, ово је била покајничка ноћ.

— Откуд ти то знаш? — Вукоје је изненађено погледао у Радована, једна реченица је поново пробудила сумње које су га мучиле на Голом отоку пуне четири године.

— Преда мном немају тајни. Мисле да морам да ћутим јер... — Вукоје је узалудно чекао наставак реченице. Када га је стрпљење издало, подсетио је Радована где је стао:

— Јер... Радоване, настави... зашто си стао? Да чујем...

— Јер сам те ја пријавио — Радован је погледао Вукоја у очи. Плачући без суза, Радован је млео своју грешну душу, искрено се кајао за свој грех, који му је одредио судбину. Вукоје је био запањен, немо је гледао у покајничко Радованово лице, које је болом тражило праштање. Искрено кајање за кафанским прљавим столом било је прекретница у Радовановом животу.

Вукоје је тужно гледао у Радована, није био љут, бесан, жељан освете. Схватио је да је и Радован кажњен, да ће и он робијати на свом *Голом отоку* све док га савест разједа. Вукоје је опростио Радовану све своје муке, али није могао, ни хтео да му опрости Јеличину смрт. Устао је од стола и без речи изашао из кафане. Ове ноћи је умро његов највећи пријатељ. Највећи лажни пријатељ у његовом животу.

Радован је изашао из кафане и упутио се својој кући, тачно је знао шта треба да уради. Дуго се спремао за то. Спремио је троножац, направио омчу на конопцу, изабрао грану на највећој и најдебљој шљиви. У њеном густом хладу је одмарао годинама, па је одлучио да се на њој одмори заувек.

Обасјан прозирном, сребрном месечином, ушао је у шљивик. Гледајући у сјајни месец као хипнотисан, ставио је омчу око издуженог врата и гурнуо троножац испод својих ногу. Затресла се грана, заиграло је лишће, протресло се Радованово мршаво младо тело. У сребром прекривеном шљивику, збуњена душа се одвајала од умирућег тела. Није знала где ће, у грешне или окајане душе. Док се Радованова душа *ломила*, неко је ухватио Радована за ноге и ловачким ножем пресекао конопац изнад његове главе. Душа више није имала шта да тражи на небу, вратила се у Радованово тело, које је обамрло лежало на трави обасјаној месечином. Док је кашљући долазио себи, Радован је видео само издужену Вукојеву сенку како одлази из шљивика. Није био сигуран зашто га је Вукоје спасао, али је знао да му, од овог тренутка, дугује живот.

***

Пробудио се у кући своје мајке, у којој су му мемла, прашина и паучина сву ноћ правиле друштво. Отворио је очи и погледао у зраке светлости који су се провлачили кроз стару поцепану завесу. После седам година, које су од њега направиле другог човека, поново је спавао у свом кревету. Осећао се сигурним у трошној кући свог детињства, као да му је сећање на рану младост повратило снагу, сигурност, жељу за животом. А онда се сетио Радована. Устао је, изашао из куће и одушевљено погледао у рађање крвавог јутра. Наговештавало је лепо време, наговештавало је велике промене у његовом животу. Вукоје је решио да нешто промени, да се улије у реку улизица и полтрона, уплашених ћутолога, који нису гледали ни своја, ни туђа посла. Уморио се од истине, од истеривања правде, од пливања узводно. Доста је било, препустиће се матици, па нека га носи низ воду, као и све друге. Није више имао ни жеље ни снаге да се бори. Људи око њега су га натерали да им се придружи, да постане саучесник, лопов, гад. А онда се сетио Јелице. Њу није могао да им опрости.

Као да му је болно сећање на Јелицу вратило изгубљено зрно самопоуздања, одлучно је кренуо на сеоско гробље да посети мајчин и очев гроб. Нешто га је вукло, призивало мртвим родитељима. Они су му били једина подршка. Отац Станоје, којег није добро запамтио, и мајка Ружа, чијих речи се слабо сећао, било је све што је у животу имао Вукоје Курјаковић. Њих и Јелицу, чије тело су развукли вукови по планини. Имам више пријатеља на оном, него на овом свету, пролетело му је кроз главу док је палио свећу на затрављеном гробу мајке Руже. Када је запалио свећу и свом оцу, сетио се таште Стаменије, која му је редовно долазила у снове. Дуго му је требало да пронађе гроб Стаменије Токаревић, који је зарастао у корову и високој трави. Сетивши се шта му је рекла у сну, запалио је свећу за покој њене душе, а онда је приметио нешто чудно, што његовом шумарском оку није могло да промакне. Поред крстаче са њеним именом, трава је била уваљана, као да је неко лежао на гробу. Када је пажљивије погледао простор око гроба, на земљи је приметио животињске трагове. Спустио се на колена, скоро до земље, погледао трагове изблиза и осетио мирис звери. Ово су били вучји трагови. Био је збуњен, где год да крене наилази на вучје трагове. Као да му вукови остављају поруку.

Размишљајући путем о Јелици, вратио се у шумарску брвнару. Узео је ранац и кљусе за вукове, пребацио је двоцевку преко рамена и одлучно кренуо. Сви трагови су га водили у шуму. Тамо су били одговори на сва његова питања, на све његове дилеме. Сећање на Јелицу је тражило освету, Вукоје је кренуо да се обрачуна с вуковима.

Лагано се пео према *Дуњића врелу*. Био је жедан воде са врела коју није пио годинама. Знао је да није жедан само он. Обићи ће све потоке, свако појило, свако место које ће привући гладну и жедну звер. После човека, глад и жеђ су животињама били највећи непријатељи.

Кошмар

Љубодраг је уплашено бунцао у сну, бранећи се рукама од звери која му је кидала месо. Не, не! — крикнуо је и пробудио се у брачном кревету, који већ пету годину дели са истом женом. Персида је скочила из кревета и узела са сточића стаклени бокал, који је увек био пун воде. Његови кошмарни снови нису били изненађење за њу. Откада је на стругари остао без малога прста на десној шаци, Љубодрага су почели да прогањају кошмари. Персида је забринуто гледала у свога мужа, сломљеног од кошмарног сна. Седео је на кревету, климао главом и стењао. Буђење му није однело терет са душе.

— Је л' ти добро, Љубо? — сипала је мало воде на длан и прешла дрхтавом руком преко његовог врелог чела. Учинило јој се да му је боље када је подигао главу, али је Љубодраг само дубоко уздахнуо и поново спустио главу на јастук. Није му било до приче, није имао ни снаге ни воље. Склопио је очи, али је знао да нема ништа од спавања. Затворио је очи само да би његова жена отишла на своју страну кревета и престала да му глуми мајку. Да му је требала мајка, не би се ни женио.

Јутро је дочекао отворених очију, сломљен и уморан, али и задовољан. Ово је било недељно јутро. Исправио се у кревету, протегао тело, и сетио се сна. Осмех му је одмах одлепршао са лица. Све чешће сања вучицу, напада га у сну и кида му месо, а највише га заболи када му одгризе прст који нема. Погледао је своју шаку и осетио бол у прсту који је имао све до оног дана.

Ушавши у собу на прстима, Персида му је прекинула болне мисли. Пришла му је и помиловала га по глави, као да је мало дете.

— Скувала сам кафу, чекала сам да се пробудиш — рекла је нежно, ово јутро је у њој пробудило материнску нагон, којим је изнервирала Љубодрага.

— Само да се умијем — склонио је руку која је *шетала* по његовој коси и с муком навукао панталоне. Када је завршио са умивањем, погледао је свој уморан лик у огледалу и опсовао кроз стегнуте зубе. Ушао је у кухињу бришући пешкиром зборано чело и уморно сео за сто. Тек тада је погледао жену у очи.

— Исти сан? — мада је знала, морала је да пита.

— Исти — рекао је безвољно и принео шољицу устима. После првог гутљаја кафе, спустио је шољицу и уздахнуо дубље него икад. Вртео је главом док је пио кафу, надајући се да ће га Персидина питања заобићи. Није имао среће. Персида је једва чекала недељу, то јој је био једини дан с мужем који је радним данима све време проводио у станици милиције. Због посла, али и да би што мање времена проводио кући. Због деце је волео породичне тренутке, али му је Персида ишла на живце. Причала је за две жене и била исто толико радознала. Често би га својом упорношћу натерала да каже и оно што није хтео. Персида је била бољи иследник од њега. Суви талент. То мајка више не рађа.

— Љубо, шта се дешава с тобом? — погледала га је у очи, што је код Љубодрага Танкосића увек изазивало бес. Покушавао је да се контролише бар док не попије кафу.

— Чујеш ли ти мене? — упорно је бечила очи у Љубодрага, али је чула само дуго сркање кафе, којим се изнервиран супруг бранио од њеног испитивачког погледа. Када је спустио шољицу на тацну, понадала се његовим речима, али је за њиховим столом и даље владала тишина.

— Ја више овако не могу! — рекла је наглашавајући сваку реч посебно. Љубодрагу су њене речи одзвањале у глави, и све више му подизале притисак. Само што је Јагодинка хтела да настави, Љубодраг је предухитрио.

— Куш, море! Да се нисам сажалио, још би чувала овце поред Јабланице! — плануо је Љубодраг, али Персиду није уплашио ни његов поглед, ни тон који му је био најјаче оружје. Она се пет година навикавала на Љубодрагов бес, на његов луди поглед, данас је схватила да га се уопште не боји. Погледала га је у очи и одлучно рекла:

— Ја сам своје овце чувала и сачувала, а ти треба да сачуваш образ! Знаш ли ти, Љубодраже Танкосићу, шта радиш? Кућу правиш, а породицу растураш! — гледала га је не трепћући, више није било страха у њој, као да су је батине под овим кровом очврсле, ојачале, створиле жену која зна шта хоће.

— Шта ти хоћеш? Све имаш! Имаш да једеш, да пијеш, децу сам ти направио да се занимаш око њих! — подигао је главу и унео се Јагодинки у лице, али она није одустајала, завртела је главом и скупљених очију му одговорила:

— Ја сам и код моје куће била сита, а децу је могô да ми направи било ко! Шумар, чобанин, или пијани четник кад сврати на гибаницу, Љубодраже Танкосићу! Нисам се ја удала јер сам била гладна!

— Зашто си се удала, Персида, зашто?

— Јер си био леп, наочит, згодан, јер сам те заволела. Мислила сам да си душеван, а ти кô звер! Нигде душе у теби. Ниси се насмејао годину дана, ни мени ни деци! Ја јесам неписмена сељанка, али добро знам шта значи кад муж дође кући пијан, кад ме не додирне и не пољуби годину дана.

— Доста смо се дирали и љубили, и превише! Подижи децу, *држи кућу на леђима*, то је твој посао! — мислио је да је ставио тачку на овај разговор, али се преварио:

— Кућа без мужа ми не треба! Ил' се мењај, ил' ја идем, и водим децу са собом! У кући мог оца биће хране и за нас троје, а ти како хоћеш!? Сањај Јелицу сваке ноћи!

— Какву Јелицу? Шта то причаш, бунцао сам у сну.

— Зовеш је свако вече, више спомињеш њу него мене! Све мислим, можда се ја зовем Јелица — устала је од стола и погледала према деци која су стајала на вратима своје собе и све слушала. Нису много разумела, али су сузе влажиле њихова уплашена, невина лица. Милија и Војин су се држали за руке и плакали, њихове сузе су биле последња Персидина нада да ће сачувати своју породицу. Сељанки из Јабланице није требала кућа без човека.

***

Теофил је замишљено гледао како падају борова стабла. Пре само три дана ово је била густа, мешовита шума, од које је остао само понеки усамљени храст и неколико младих кривих букава. Тестере и секире су направиле пустош. Од високих четинара остали су само пањеви и иверје чамовине око њих. Окренуо се према јарузи коју је добро запамтио, коју никада више неће моћи да заборави.

Као да га је сећање ошамарило, у његовој глави се створила слика шумарске брвнаре, из које је изашао Љубодраг Танкосић, чврсто стежући крваву шаку. Само што је Љубодраг отрчао уском кривудавом стазом кроз шуму, Теофил је ушао у брвнару и изненађено застао на вратима. Поцепаних усана и поломљеног носа, крвава од своје и Љубодрагове крви, Јелица је немоћно лежала на кревету. Њено наго, топло тело било је умазано свежом крвљу, а на модром врату су се јасно оцртавали прсти њеног давитеља. Било је очигледно да се Јелица борила за ваздух. Опипавши јој пулс на врату, Теофилу се учинило да је још увек жива. Покушавајући да јој отвори уста, приметио је да има нешто међу крвавим зубима. Дохватио је мешину са зида брвнаре и умио Јелицу водом, после чега је она раширених очију погледала у њега. Удахнувши ваздух, удахнула је и сирову крв кроз нос, али је и даље зубима чврсто стезала прст свог силоватеља. Теофил је први пут као мушкарац погледао њену голотињу. Ломио се. Нејаки морал се повлачио пред јаким мушким нагоном, који се пробудио у њему. Поражен животињским инстиктом, Теофил је откопчао панталоне и легао између крвавих, раширених Јеличиних ногу. Није се бранила, није трошила последње тренутке свог живота на борбу са животињом. Док је Теофил уживао силујући њено младо тело, Јелица је чврсто стезала зубе и плакала. Када је завршио, обрисао је своју мушкост о њен стомак, и подигао се на ноге. Никада није био задовољнији, и јаднији. Сав свој људски и војнички понос, који је храброшћу стицао у српским праведним ратовима, изгубио је за два минута задовољавања животиње у себи. Ни орђење, ни *Албанска споменица*, ни тишина у којој је све урадио, ни чињеница да није било сведока овог животињског злочина, ништа није могло да ублажи срамну чињеницу да је Теофил Балванић силоватељ, гад, нечовек. Теофил је подигао Јеличино тело, пребацио га преко рамена и однео у јаругу, вуковима на гозбу. Знао је да ће му вукови бити захвални, да је ноћ право време за гладне звери. Није се окретао око себе. Знао је и то да су се Вукоја решили, да Јелица никог нема и да је нико неће тражити. У овом крају се лако умире, а још лакше се заборављају мртви. Све је добро знао, али није знао да за сваки људски злочин постоји сведок, да нас неко увек гледа одозго.

Осетивши нечији поглед, тргао се из мисли, полако је погледао према шуми и најежио се. Заклоњена зеленим лишћем младе букве, вучица је упорно гледала у њега. Теофил се полако окренуо, подигао пушку с пања, и вратио поглед на густу шуму. Пред његовим раширеним погледом заиграло је лишће младе букве...

***

Вукоје је неодлучно застао и погледао у разгранато зеленило које је окруживало цркву. Оштар мирис старих, високих борова подсетио га је на дан њиховог венчања. Добро је запамтио Преображење 1948. године и цркву *Сабора Светог Архангела Гаврила* у Чајетини. Јелица је била лепша него икада. Младенци су најлепши када се спремају за венчање у цркви, за сусрет с Богом у његовом дому. Сада, на Преображење 1953. године, Вукоје се питао има ли смисла да уђе у цркву. Коме да се моли? Какав је то Бог када га није заштитио од звери у људском облику, када је дозволио да му Јелицу развлаче вукови по планини? Какав? Праведан? Милостив? Ако је њихов брак био божја милост, света тајна којом су спојени у духовну и телесну везу ради стварања животне заједнице и рађања деце, *награђени су божјом правдом и милошћу*. Шта још од Бога да иште?

— Помоз бог! — тргао се на глас који годинама није чуо. Кад се окренуо, препознао је лик оца Теодосија, који их је венчао пре пет година, на овај исти дан. Од тада је све кренуло како не ваља.

Годину дана су стрпљиво чекали да Јелица затрудни, а дочекали су људе у црним кожним мантилима. Као банда разбојника, упали су у шумарску брвнару и, под велом ноћи, одвели Вукоја. Ноћ је крила њихове доласке у џиповима, а јутро је ширило страх по златиборским селима. Да сутра не би закуцали и на њихова врата, Чајетинци су гледали своја посла. Јелица је остала сама, без људске и без божје помоћи. Плашила се животиња, али су јој људи показали ко су праве звери.

— Бог вам помогô, оче! — гледао је оца Теодосија у очи, надајући се да ће га отац препознати.

— Добри Бог ће свима помоћи — отац Теодосије је био сигуран у речи које је изговорио.

— Осим мени — рекао је Вукоје и погледао у земљу, застидео се својих речи.

— Пред Богом су сви једнаки, Курјаковићу — отац Теодосије је препознао голооточку муку у Вукојевим очима, мада је његов лик био непрепознатљив, одао га је глас.

— Ово је пета година од када ми се зло накалемило на врат. Од Преображења 1948. године, када сте венчали мене и Јелицу Токаревић, све сам изгубио. И слободу и здравље и Јелицу. Ако ме је Бог кажњавао за нешто, доста је било. Ништа ми није дао, а све ми је узео, оче!

— Не говори тако, тако само неверници говоре. Они који су крштени, немају право да окрећу леђа Богу. То је највећи грех, Вукоје.

— Мени су комунисти уништили живот. И прошлост, и садашњост, и будућност. Оче, пред вама стоји човек који је умро на Голом отоку — погледао је оца Теодосија у очи, не очекујући од њега никакав одговор. Ко још одговара мртвом човеку?

— Бог нам шаље невољу да ојачамо свој дух!

— У мени више ничега нема, ни мржње ни жеље за осветом. Али, оче, не могу ни да љубим своје непријатеље. Дошао сам да упалим свећу за покој душе моје Јелице, али се питам... — застао је као да је у великој дилеми.

— Шта, Вукоје? Реци, отвори своју душу.

— Има ли смисла палити свеће ако је све лаж? Ако нема Бога. Чему свеће паљенице ако нема ни душе, ни раја, ни пакла? Чему? Чему крштење, чему? Чему молитве, чему литургије, ако нас комунисти шаљу у логоре, а њима ништа не фали. Не верују у Бога, а Бог мирно гледа како муче нас који верујемо. Где је ту правда, божја правда, оче? Моја Јелица је остављена зверима на милост и немилост. Нема ни њеног тела ни њене душе. Шта Бог састави, да нико не растави, изговорили сте на нашем венчању, а раставише нас људи. Зли људи, неверници, који и на Бога хуле. Ја сам дошао да запалим свећу, а не знам да ли да запалим свећу за живу, или за мртву Јелицу, оче — отворио је душу, пуну бола и чемера.

— Вукоје, да те замолим нешто.

— Реците, оче.

— Велико људско зло је божје искушење, оно рађа у невином човеку осећај слабости, немоћи, бола, мржње према другима, али рађа и духовну снагу праштања, која је јача од сваког зла. Данас је Преображење, уђи у цркву и помоли се Богу. Затражи од њега све што ти треба, и веруј, веруј да ће ти Бог помоћи — благим погледом и сигурним гласом, отац Теодосије је преломио дилему у Вукојевој души.

Вукоје је послушао оца Теодосија. Ушао је у цркву као сенка, био је човек без снаге, и духовне и физичке. Био је празан и малодушан када је на његовим уснама затитрала молитва. С молитвом је дошао и бол у грудима, као да му се тело отима, не слаже са речима молитве. Свака реч је призивала сузе, свака суза је призивала сећање, свако сећање је призивало бол. Васкрсавале су слике њиховог венчања. У мислима су му били и њихови венчани кумови, његов пријатељ Радован и Мара, млада сеоска учитељица, која је Радовану била оно што је Вукоју била Јелица. Све. Видео је срећу на њиховим лицима, осетио је оштар мирис тамјана и поново бол. Бол за Јелицом, који је заувек заробљен у његовим грудима. Упалио је воштану свећу за покој Јеличине душе, ставио је у доње постоље са песком, али се пламен свеће угасио. Поново је упалио свећу, али се све поновило. Ма колико покушавао да Јелици упали свећу за мртве, није му успевало. Још једном је упалио свећу за Јелицу, помолио се и ставио свећу у горње постоље, постоље за живе. Тада је свећа наставила да гори. Док је пламен свеће обасјавао унутрашњост цркве, чуо је речи своје таште: *Моје дете је живо, Вукоје.* После дуго времена, Вукоје је осетио како му се разлива топлина у грудима.

Изашао је из црквеног дворишта праћен оштрим мирисом борова и болним сећањем. Размишљао је о сеоској учитељици. Због нераскидиве везе кумства, због свог мира, због Јелице и Радована, мора да је посети. Вукоје је данас осетио сузе преображења. Знао је да ће опет доћи у цркву, да ће његова молитва Богу бити молитва верника.

***

Када је изашао из брвнаре, осетио је топли ветар с југа, који се лагано мешао са мирисом четинара и оштрим планинским ваздухом. Златиборска ружа ветрова чинила је ово јутро посебним, опијајућим, па је Вукоје кренуо тамо где се осећао најбоље, дубоко у шуму. Већ неколико дана, Вукоје обилази постављене замке, али од вукова ни трага. Памет и лукавост су красиле ове дивље животиње, које су, због конкуренције у исхрани, од давнина биле у сукобу са човеком. Пуним плућима је удахнуо свеж плански ваздух и пустио корак, решио је да данас постави кљусе на сасвим друга места, да покуша да превари лукав вучји пар, који му оставља трагове око брвнаре. Који му дугује крв!

Био је тиши и спорији него иначе. Као сенка се стопио са густом зеленом шумом. Мада је губио на времену, то га није оптерећивало. После Јеличине смрти, време је за њега стало. Пошто га је болела сурова прошлост и плашила неизвесна будућност, Вукоју је остао само садашњи, једини прави тренутак његовог живота, за који му није требао ни сат, ни људско мерење времена. Сада је увек сада.

Нај478ном, ћудљиво време се променило, наоблачило. Изненадни кишни облаци су истресли топлу летњу кишу и, праћени благим јужним ветром, нестали изнад Торника. Када му се поново отворило чисто небо, задовољно је подигао главу уживајући у мирису смоле и трулог лишћа, које је пробудила летња киша. Вукоје је био на своме, осећао је у себи ове ветрове, летње кише, опијајуће мирисе шуме. Осећао се као стари, разгранати храст, дубоко укорењен у ову прелепу планину.

Удахнуо је мирисе дивљине и кренуо према потоку Обудовица. Требало му је добрих сат времена да стигне до потока. Није осећао умор, али је био знојав и задихан када се зауставио на ивици шуме. Обрисао је руком знојаво чело и бацио поглед на место где је поставио кљусу. Док је чекао да му се очи привикну на даљину, учинило му се да се један жбун поред потока помера. Кљуса коју је тамо поставио више није била празна. Упорно је гледао према жбуну, али, осим треперења лишћа, ништа није могао да види. Када је пришао на десетак метара, скинуо је пушку с рамена и полако пришао још ближе. Био је и срећан и тужан, вучица је била ухваћена. Задња лева нога јој је крварила, па је Вукоје зажалио што је поставио кљусу. Покушавала је да се креће према шуми, али ју је зубаста, затворена кљуса спречавала у томе, наносећи јој бол који се видео у њеним очима. Вукоје је погледао вучицу у очи, али у њима није видео звер, није видео крвави вучји поглед. Да је видео само њене очи, никада не би помислио да је то звер која му је растргала Јелицу. Која му дугује крв. Знао је да није била сама, око појила је пронашао још трагова, већих и дубљих. Са њом је био и вук који сада, вероватно, гледа из шуме и упорно чека. Подигавши главу, Вукоје је детаљно загледао ивицу шуме. Погледи су им се срели. Са обода шуме, непомично стојећи, вук је мирно гледао у Вукоја. Када је Вукоје подигао пушку, вук се лагано повукао дубље у шуму.

Са надолазећим осећајем кривице, Вукоје се окренуо према вучици. Питао се шта да ради. Да је убије? Да наплати невину Јеличину крв? Мада није желео да пуца у вучицу, која га је гледала очима човека, решио је да јој скрати муке. Подигавши двоцевку, пришао јој је на пар корака, али она није реаговала, ни режањем ни показивањем оштрих зуба. Понашала се као домаћи пас. Немоћно је држала главу на трави и чекала помоћ. Само би болно уздахнула и погледала Вукоја у очи.

Није више могао да гледа њено мучење, али још увек није могао да верује њеним зубима. Спустио је руку на њену главу и чекао реакцију. Ништа. Као да је уживала у Вукојевом додиру, вучица је питомо гледала у њега. Вукоје је рукама раширио кљусу и ослободио вучицу, али је она и даље непомично лежала на трави. Њена задња лева нога је била тешко повређена, па је сваки њен покрет изазивао бол. Знао је да вучица сигурно не би преживела сама у шуми. Вукоје је чучнуо, подигао је вучицу на леђа и кренуо ка брвнари. Знао је да нико никада не би ставио вучицу за сопствени врат, али је решио да тестира себе, звер и Бога. Две рањене, невине душе полако су се шумским стазама приближавале шумаревој брвнари.

***

Вукоје се полако привикавао на Чајетину, а све му се чинило да се и ћудљиви Чајетинци поново привикавају на њега. У туђим погледима све чешће је виђао наклоност. Сваког дана је вадио по једну циглу из зида неповерења који је зидао на Голом отоку пуне четири године. Почео је да гледа људе у очи.

Успомене су га водиле према школи у којој је стекао прве представе о животу. То му је данас више одмагало него помагало, јер се садашње време много разликовало од предратног, у којем је веронаука била основа школовања. Данас је негирање старог времена, заосталих схватања, постало обавеза и најважнији предмет у школи. Доказивање недоказивог, постао је најважнији комунистички посао, који је све више изгледао узалудан. Утопистички, што је и била суштина комунизма. Чајетинци су пре рата такав посао називали *терањем воде узводно*, али данас, данас је то већ постао занат који је добио и прави назив: *зајебавање народа*! Данашње школовање је био планирани процес стварања једноумља код деце, које је било много опасније од незнања.

Размишљајући о свом школовању, Вукоје је стигао до сеоске школе. Није ни приметио како су га ноге лако однеле заборављеним ђачким стазама. Али, оно што деца најбоље запамте у свом школовању је први дан у школи и прва учитељица. Тако је било и са Вукојем. Тај дан ни Голи оток није могао да му избрише из сећања, баш као ни сећање на учитељицу, на њен благи бадемасти поглед и топао глас који је чуо у мислима, и од којег се сада најежио. Мада је нестала у вихору рата, учитељица Вера је оставила дубок траг код чајетинске деце, која јој својом љубављу и сећањем нису дала да оде у заборав. Сећање које дете носи у себи јаче је од сваког, па и злог времена. Сећање, то му је сада било све што има. Тренуци бола, тренуци, истине и дирљиви тренуци његове велике љубави.

— Срећан рад! — био је изненађен колико је људи било испред школе. Мислио је да ће овде затећи само школског домара, али га је пријатно изненадио и обрадовао посао који су радили сељани. Пред њим се одвијала акција коју није очекивао. Кречење школе. Учитељица се тргла, окренула се на познат глас, али је његов лик збунио. Пред њом је стајао човек од чијег се лика одвикавала четири дуге године. Неколико тренутака је бледо и неодлучно гледала у Вукоја, а онда га је погледала у искрене очи и пружила му руке.

— Вукоје — загрлила га је чврсто, обема рукама и ћутала. Пријатељство које је осећала према њему слило се у један искрен, дуг загрљај у тишини.

— Где си, кумо? — осмехом је покушао да спречи сузе које су се скупљале у угловима њених искрених очију. Била је тужна због његове судбине, али и срећна јер се све добро завршило. Вукоје се са Голог отока вратио жив.

— Чула сам да си се вратио, знала сам да ћеш да дођеш — рекла је дрхтавим гласом.

— Ужелео сам те се — имао је снаге и за осмех. Видео је чисту, осетљиву душу која је плакала због туђег неопростивог греха.

— И ја тебе — окренула се у страну, само да заустави сузе, па га је поново погледала у очи.

— Како си? — бол се пресијавао у њеним искреним очима. Зрно људскости које је носила у себи будило је сузе, будило је кајање и за оно што су други учинили. Испред ње је стајао рањени вук, који је имао право на освету.

— Боље него пре месец дана, а за сутра не бринем, ја сам све лоше већ преживео. Како си ти, слушају ли деца учитељицу? — питао је подигнутих обрва.

— Ма деца су златна, искрена, поштена, за разлику од људи. Кад ли стигну да се искваре, питам се — уђутала је јер се сетила.

— Ако тражиш добро у људима, наћи ћеш га! Ако тражиш зло, и то ћеш наћи. Увек се нађе оно што се тражи у човеку, Маро! Оно што човек залива у себи, то ће и порасти.

— Хвала ти, то ми је требало свих ових година. Свет је лепши после разговора с тобом. Реци ми како си успео да сачуваш дух? Видим, тело ниси сачувао, али је душа ту, у теби, Вукоје — заграила је рукама његове руке и чврсто их стегла. Топло, с пуно емоција, Мара је гледала у Вукоја.

— Како, и ја се питам, али човек је много јачи него што може и да замисли. Сада, када се сетим свих мука које сам преживео, питам се да ли је могуће да сам жив и да нормално разговарам с тобом. Питам се ко изговора ове речи, ја или неки нови Вукоје, којег је родила голооточка мука. Чини ми се да сам слабији физички, али много јачи духовно. У стању сам и да опростим — погледао је Мару у очи и она је схватила. Оборила је главу као да и она носи део кривице.

— Како си сазнао?

— Сам ми је признао, у кафани.

— И... шта је променило његово *искрено* признање, шта? — застала је, погледала Вукоја у очи, па наставила:

— Када сам сазнала, полудела сам, нисам могла то да схватим, Вукоје. Нисам више могла да будем с њим, болео ме је сваки његов додир, сваки поглед, свако сећање на ваше венчање у цркви. На Јелицу — застала је јер је приметила бол у његовим очима. После непријатне тишине, Мара је погледала у Вукоја и наставила:

— Раскинула сам иако смо заказали венчање. Сада ми је много лакше, откада се не виђамо, мање ме боли истина коју нисам могла да прихватим — окренула је главу кријући бол у очима, кријући оно што није могло да се сакрије.

— Пре две недеље сам га скинуо са шљиве, покушао је да се обеси — ућутао је, сачекао да се окрене и погледао у њене изненађене очи. Није јој било свеједно. У њој је још увек тињала искрена љубав према Радовану.

— Да ли би нам било лакше да се обесио? Мени... не.

— Издао те, Вукоје! Ни кривог ни дужног. Школски друг! Пријатељ! Кум! — с неверицом је гледала у Вукоја, није очекивала изговорене речи, није очекивала праштање.

— Петар се одрекао Исуса три пута у једној ноћи, али се покајао. Покајао се и Радован, видео сам како пати. Ја сам своју казну одслужио, а он ће своју служити целога живота. Њему ће живот бити највећа казна. Ако ја могу да му опростим, опрости му и ти. Маро, његов живот је у нашим рукама. Ја сам га скинуо са шљиве, сад је ред на тебе — погледао је дубоко у очи које су се пуниле сузама. Узела је његове руке и пољубила их сланим уснама. Када је подигла поглед, видела је да и Вукоје плаче. У тренуцима искреног праштања, сузама су опрали грех човека којег воле.

— Хвала ти — рекла је тихо. Као никада пре, Мара је захвално, срца пуног љубави, гледала за човеком који је имао снаге да опрости неопростиво. Док су му сузе влажиле лице, Вукоје се сећао школских дана, дечјих игара, њихових несташлука. Школско двориште је и сада било пуно дечјих раздраганих гласова, драгих звонких успомена. Сетио се да су увек заједно долазили и одлазили из школе. Чинило му се да је Радован и сада поред њега, да заједно излазе из школског дворишта.

∗∗∗

Љубодраг Танкосић је одсутно гледао кроз отворен прозор своје канцеларије. Није знао шта да ради, глава му је била пуна и Вукоја и Теофила, а сада им се придружила и његова жена, Персида. Брак му је био омча око врата, коју је његова жена затезала свакога дана, све више и више. Питао се колико ће још моћи да издржи када је чуо куцање на врата канцеларије.

— Уђи — у пратњи једног колеге, кроз врата је ушао дежурни милиционар Драгојло Спајић. Заузели су став мирно и чекали командиров поглед.

— Шта је било, Драгојло?

— Друже командиру, ово је наш нови запослени, друг Светислав. Данас му је први радни дан у униформи.

— А ти си тај нови, од којих ти оно беше? — Љубодраг се заинтересовао за порекло новог радника, које је овде било веома важно, судбоносно. Али, Љубодраг је ових дана био у великим проблемима, приватним и службеним, који су му одузимали много времена, па није стигао да се подробно распита о свим квалитетима и пореклу новог запосленог.

— Ја сам од Зеленовића, друже командиру.

— Од којих Зеленовића, оних... из Јабланице?

— Е, тих — насмешио се Светислав, било му је мило што Љубодраг Танкосић зна његову породицу. Зеленовићи су били познати и ван овог округа. Светислав је поносно подигао главу.

— Ти си... Драгутинов? — изненађено је погледао у младића који није имао више од двадесет година, што значи да је у зиму 1944. године имао, можда, дванаест година. Љубодраг се питао шта је дете од дванаест година могло да зна о рату. Против кога се борио и зашто је погинуо његов отац, Драгутин Зеленовић.

Дете можда није знало, али је Љубодраг Танкосић то одлично знао. Гледајући Светислава Зеленовића у очи, видео је оштар, одлучан поглед, који га је вратио у зиму, у тај хладни децембарски дан 1944. године...

Била је то најтежа година за четнике. Гладна година се отегла, пролеће никако да стигне. Земунице и сељани су им били једини спас. Већ трећи дан су без хране. Срећом, било је доста снега, па су имали воде за пиће. Али, нису навикли на глад. Милун им је пре десет дана донео храну и од тада ни гласа од њега. Нешто се дешавало у њиховом селу, а они нису знали шта. Неизвесност их је убијала. Плашили су се да ће неко од јатака да их изда, али нису смели да изађу из земунице јер би их одали трагови у снегу. Морали су да чекају и да се надају Милуну. У надању су им прошла још два дана.

— Неко мора до Милунове куће, да види да ли је све у реду. Да ли да чекамо, или да бежимо. Ко је најбржи? — загледајући све четнике у земуници, Драгутин Зеленовић је зауставио свој продорни поглед на Љубодрагу. Била је то последња команда коју је Љубодраг добио од Драгутина Зеленовића. Изашао је из земунице и кроз шуму се полако прикрадао Милуновој кући када је изнад јаруге угледао густ, црни дим. Гореле су и кућа и штала Милуна Бачваревића. Љубодраг је знао да их Милун није издао, али се питао колико кућа треба да изгори да би се сачували животи дванаест четника. Питао се ко ће од јатака први да попусти и пријави их партизанима. Када је скинуо кокарду са шајкаче, скинуо је и реденик са мецима и опасач са бомбом. Све што га је повезивало са четницима, Љубодраг је закопао у мекану земљу и бацио свој бајонет у шуму. Тог тренутка је донео најважнију одлуку у свом животу...

— Да, ја сам син Драгутина Зеленовића — Светиславов глас га је вратио из нежељеног сећања. Опет је осетио оштар Драгутинов поглед, којим је Светислав поносно гледао у крвника свога оца. Светислав Зеленовић није знао да је животима једанаест четника Љубодраг Танкосић купио себи будућност у партизанском покрету. За само пола године, Љубодраг је у партизанима напредовао више него за четири године у четничком покрету Драже Михаиловића.

Кириџија

Вучица је беспомоћно гледала у Вукоја. Већ трећи дан непомично лежи држећи главу на предњим шапама. Није реаговала чак ни на храну. Кост коју је јуче бацио поред ње на истом је месту, недирнута. Вукоје није знао шта да ради, ово је за њега било изненађење. Вучица неће да једе!? Бацио је парче хлеба испред ње, али она није реаговала, само је тужним погледом пратила сваки његов покрет. Тек када је ставио чанак с водом испред ње, управила се на предње ноге. Била је веома жедна, попила је скоро сву воду из чанка, па је Вукоје задовољно развукао осмех. Пришао јој је и погледао повређену ногу, одвио је завој и поново га вратио када је на рану ставио још лековитих трава, којима су обиловале златиборске падине. Вукоје више није био сам, чинило му се да га вучица лечи од самоће. Повредивши је, Вукоје је стекао обавезу према њој. Ово што сада ради је покајање, кајање за бол који јој је нанео, који свакога јутра види у њеним очима. Док је чучао поред ње, решио је да покуша још једном, узео је корицу хлеба коју је вучица игнорисала и принео је њеној њушци. Тада је живнула, захвално је погледала у Вукоја и сува корица хлеба је нестала у њеним устима. Вукоје је зинуо од чуда, устао је и одушевљено рекао:

— Па ти хоћеш да те храним! — вртео је главом док је улазио у брвнару, а онда је осетио благо струјање топлог лелујавог ветра око себе. Ношен крилима ветра, мирис паљевине је заголицао његове ноздрве. Вукоје је погледао у небо, али је оно било без трагова дима, чиста небеска река. Одлучно је узео пушку и, вођен мирисом ватре, кренуо у шуму. Када су се дивље стазе сакриле од његових корака, наставио је кроз шибље и жбуње, мирис ватре га је водио далеко од свих њему познатих шумских стаза. После добрих сат времена лутања за мирисом ватре, склонивши олистале гране испред свог лица, угледао је необичну слику. Био је одушевљен и изненађен оним шта је видео. На искрченом парчету шуме, сакривен од свих радозналих погледа, непознати човек је седео на пању и додавао луч црног бора у потпаљену катраницу. После дуго времена, Вукоје је поново видео кирицију. Мислио је да је тај посао одавно замро, да су се, побеђене цивилизацијом, кириције одавно повукле из посла, преселиле у бајку. Гледајући тренутке васкрсле прошлости, чинило му се да сања.

Загледан у велику овалну катраницу, из које се, кроз дугачко дрвено корито, црна смеса сливала у велику дрвену бачву, кириција није приметио збуњеног госта. Скамењен у покрету, кириција је замишљено седео на пању црног бора као да не припада ни овом времену, ни овом месту.

— Срећан рад! — када је чуо Вукојев глас, кириција се лагано окренуо. Као да је очекивао Вукоја, није био нимало изненађен.

— Здраво био, Вукоје! — као да се знају годинама, кириција је пријатељски погледао у очекиваног госта. Још увек у неверици, Вукоје је пажљиво загледао човека у браон вуненом прслуку и сељачким, вуненим панталонама исте боје. Ни црно-бела шубара на глави кириције није му много помогла да пронађе било какав траг у свом сећању. Узалуд се мучио, никада пре није видео овог човека.

— Покушавам да се сетим, али не знам ко си, добри човече.

— Ја сам... ти. Одраз твог лика у огледалу, у сасвим другом свету — застао је, погледао у Вукојево изненађено лице, па наставио:

— Питаш се зар личимо. Судбине су нам исте. Вечито трагамо, и не проналазимо оно за чим трагамо. Ја сам и човек и звер, постојим и не постојим, све зависи од тога да ли ме видиш, или не — погледао је у овалну катраницу и, не гледајући у Вукоја, наставио:

— Ја сам само трептај између два супротна света, слика енергије, која није енергија, слика тела, које није тело. Ја сам трагач за душом која ми се отела и изгубљена лута, надајући се да се никада нећемо срести. Ја сам прошлост која се још није десила и будућност која никада неће доћи. У моје истините речи нико не верује, а за мојим лажима трче јер су лаке и превртљиве као ветар. Мене је немогуће разумети јер сам истина и лаж, у истом тренутку!

— Ја сам мислио да си ти кириџија, добри човече, а сада видим да си и филозоф — нашалио се Вукоје.

— Разлика између кириџије и филозофа мери се само једном речју. Ко њу има, може бити и једно и друго! Више ми вреде разговори с људима, него сав новац, који сам зарадио продајући луч и катран. Разговор с људима је учење, стицање знања. Новац сам лако потрошио, знање је остало у мени — рекао је не окрећући се према госту. Знао је добро сваку Вукојеву помисао, дилему, тајну, па је наслутио и следеће питање.

— Пошто знање не продајеш, реци ми колико кошта катран у тој бачви, има ли он цену? — очекујући одговор, Вукоје је начуљио уши. Надао се необичном, филозофском одговору. Кириџија се окренуо, насмешио се и погледао у Вукоја. Тек тада је Вукоје приметио да га кириџија гледа различитим очима. Једна зеница му је била зелена, а друга црна, са црвеном тачком у средини. Чак су му и беоњаче биле различите, једна је била бела, а друга жута. Вукоје је ово видео први пут у свом животу, па је изненађено гледао у кирицију, питајући се да ли је све ово сан, или јава. И то би потрајало да кириција није рекао:

— Питаш се зашто су различите. Већ сам ти рекао, ја сам и човек и звер... — скинуо је црно-белу шубару са главе и показао своје уши, које су биле различите. Једно уво је било људско, а друго је било као у вука, шиљато и длакаво — када је вратио црно-белу шубару на главу наставио је своју причу:

— У ствари, ја сам лучоноша, трговац душама. Дошао сам по твоју душу, Вукоје. Мењам душу за душу, мењам знање за љубав. Ово што видиш — погледао је на сјајни црни катран у дрвеној бачви, па наставио — то није катран из луча црног бора, већ из грешних људских душа. Видиш ли које црнило излази из њих, нема бољег катрана од катрана из грешника, Вукоје — када је Вукоје мало боље погледао у катраницу, у њој није било луча црног бора. У катраници су се кували грешници, људи на чијим лицима се огледао њихов грех.

— Ако ти дам моју душу, шта ја добијам, лучоноша?

— Видиш ли оне бисаге — погледао је у старе, препуне црне бисаге на времешном коњу, који је одмарао у хладу, па се вратио Вукоју. И погледом и речима.

— У њима носим грешне душе. Бирај! Кад добијеш нову душу, нећеш више праштати онима који су ти нанели бол. Нећеш се кајати за своје грехе и никада више нећеш заплакати. Када се удружиш са Теофилом и Љубодрагом, постаћеш богат човек, Вукоје. Зар је то мало? И још нешто, заборавићеш Јелицу. Добићеш знање, али ћеш изгубити љубав! Нећеш патити за женом које више нема.

— Ти имаш пуне бисаге душа, а тражиш моју. Зар их немаш довољно?

— Имам, али ниједна од тих душа није упознала љубав, није доживела да воли и да буде вољена. Јурећи за новцем, моје ситне, грешне душе су заборавиле да воле. Накупио сам све знање овог света, али желим да осетим оно што осећају обични људи. Због чега живе, пате, умиру! Желим да осетим како је волети и бити вољен. Ја сам кажњен да живим без љубави! Имам знање, моћ, и много грешних душа, али не могу да пронађем оно што ми треба. Љубав, Вукоје. Чисту љубав, коју ти носиш у себи. Љубав према Јелици.

— Ти си трговац, сам си рекао.

— За цену питаш, па... ево, да се договоримо. Ако саслушаш моју причу до краја, изабери једну душу из бисага, и сав луч и катран носи кући. Али, ако заспиш док ти причам, остаћеш без душе, Вукоје.

— Зар толико вреди моја душа?

— Твоја душа је душа селица, она не познаје границе. Једном, давно, твоја душа је била моја, само желим да ми је вратиш.

— Како то... била је твоја?

— На острву Видо, тамо где су гладни српски војници умирали од болести и исцрпљености свакога дана, трговао сам са твојим оцем, Станојем. Мада сам могао да му је украдем док је умирао, желео сам да се он добровољно одрекне своје душе. Није хтео, био је тврдоглави идеалиста, као и ти сада — погледао је у Вукоја, па је наставио своју причу о трговини душама, о тренуцима када је *косач* у црној мантији дошао по Станојеву душу:

— Наследио си његов карактер. Желео сам да га казним, па му нисам дао да умре на острву Видо. Продужио сам му живот, не да би Станоје уживао у њему, већ да би се кајао што није прихватио понуду коју је прихватио Теофил Балванић, његов ратни друг.

— Уопште нисам изненађен — Вукоје је одлично знао људске квалитете Теофила Балванића, па нимало није био изненађен оним што је чуо. Питао се само шта је следеће, шта још може да уради Теофил Балванић, којим грехом да се окити, какву подлост да уради, а да се Вукоје изненади?

— Када си се родио, подметнуо сам ти грешну душу из мојих црних бисага, пуну проклетстава — споменувши грех и проклетства, зацаклиле су му очи.

— А где је моја душа?

— Бог чува чисте душе у својим златним бисагама, које само он може да отвори — погледао је у Вукоја различитим очима, па наставио:

— Оно што сам ја већ доживео у једном од мојих живота, сада доживљаваш и ти у свом. Све је исто, и потказивање и логор и лажни пријатељи. Али ти имаш среће. Бог је чистом љубављу оплеменио душу коју сам ти подметнуо, Вукоје. Љубав је оно за чим трагам вековима. Зато хоћу да ми продаш душу која воли. Љубав је оно што нас раздваја, она мала, битна разлика између нас. Љубав, Вукоје, љубав... — док га је лучоноша гледао урокљивим очима, Вукоје је полако тонуо у сан...

Пробијајући се кроз густу шуму, тужно завијање вучице је отерало сан који се лепио за Вукојеве капке. Тргао се, чинило му се да је сан трајао само трен, али више није видео ни искрчену ледину, ни катраницу, ни лучоношу. Само су лучоношине речи трепериле између јаве и сна.

***

Јелена Митровић је била девојка са повећим стажом из више разлога. Била је учесник Народноослободилачке борбе, што јој је отежавало могућност да тражи себи сродну душу у злом времену. Осим тога, њено радно место, место личне секретарице министра унутрашњих послова у Влади Народне Републике Србије, било је намењено девојкама, али је најважнији разлог био то што је много бирала. Одавно је прешла тридесету, али је то није много бринуло. Четири дуге године у партизанима нису утицале на њену лепоту, које је она била свесна. Баш као и друг Крцун, па Јелена није имала одређено радно време. Она се потпуно посветила министру, и службено и приватно.

— Јелена — било је довољно да друг Крцун изговори њено име, ушла је тихо у кабинет и стрпљиво чекала.

— Види, има много писама, а ја сада немам времена. Отвори, прочитај, па ћеш ми рећи ако је нешто озбиљно — није подизао поглед са новина на столу. Читао је изјаву министра иностраних послова ФНРЈ, Едварда Кардеља, који је у данашњем броју *Политике* свима ставио до знања да је Југославија за Словенце само прелазно решење до стварања своје државе. Веома слично су размишљали и хрватски политичари, али су мудро ћутали чекајући реакцију српских комуниста. Бесно псујући, Крцун је згужвао новине и устао од стола. За разлику од већине српских комуниста, он је више волео Србију него Југославију. Био је оштар на језику, па је врло често долазио у сукобе са својим партијским колегама, који су се идолопоклонски односили према другу Титу. Крцун је био *вакцинисан* на ту болест.

Зазвонио је телефон на столу друга министра, па је Крцун престао да псује и друга Кардеља и другарицу Пепцу, пришао је столу и подигао слушалицу. На његовом великом челу згужвале су се боре, па је Јелена схватила да се дешава нешто озбиљно. Одлучно климајући главом, Крцун је снажно залупио слушалицу телефона и подигао оштар поглед.

— Јелена, морам хитно у Владу — није морао много да објашњава, ово је била скоро свакодневна ситуација. Док је излазио из свог кабинета, Слободан Пенезић је *процедио* кроз стегнуте зубе: — Не пада снег да покрије брег, већ да свака зверка покаже свој траг!

***

Њему је ова година доносила нешто сасвим ново, посебно, па је с нестрпљењем ишчекивао полазак у школу. Радовао се школи мада није знао шта га тамо чека. Није имао ни брата ни сестру да од њих нешто научи, да се упозна с књигом, свеском, оловком и гумицом. Растао је сам, далеко од радозналих очију, под будним оком мајке Јагодинке. Он је био дуго чекани син јединац Мијајла Губеринића, његов понос и његов стид. Али, већ неколико месеци малом Милану није добро. У последње време се лако замарао и често добијао високу температуру, па је Мијајло забринуто гледао у бледо лице и небеско плаве дечје очи, којима је Милан тражио помоћ од оца. Једног летњег јутра, праћени Јагодинкиним мутним погледом и црном слутњом, која се кроз шљивик упорно вукла за њима, Мијајло и Милан су се упутили на железничку станицу. Милану је све било ново, плаве очи су биле радознало раширене пред парном локомотивом, чудом које је видео први пут у животу.

У гужви и галами путника, чврсто је стезао очеву руку, али је дечји страх нестао када је, уз снажан писак локомотиве и испуштања облака паре, воз лагано кренуо према Чачку. Милан је све време радознало гледао кроз прозор воза, пред дечјим широким погледом нестајали су крајолици које је видео први пут у животу. Осмех му није силазио са лица, па је Мијајло све то гледао ћутке, не прекидајући дечју радост. Само би на тренутак видео плаве очи, које би се одмах вратиле гледању кроз прозор воза, и осетио страх.

Страх га је обузимао и док је гледао у докторово озбиљно лице. Милујући малог Милана по плавој коси, доктор је намрштено погледао у Мијајла.

— Колико дуго ово траје? — подигавши обрве, доктор је чекао одговор. Мијајло се збунио, залепио му се језик од страха, па му је дуго требало да превали преко усана:

— Мислим... од пролећа — збуњен је био Мијајло, али још увек није помишљао на најгоре.

— За ваше дете је најбоље да одмах остане у нашој болници, на додатне прегледе. То неће дуго потрајати, ви дођите следеће недеље, дотле ћемо знати шта треба да радимо — доктор је рекао све, а није рекао ништа, па Мијајлу ништа није било јасно. Али је осећао да се дешава нешто страшно, нешто што он не разуме, и не жели да разуме, као да ће тако одагнати страх који му је шчепао душу док је немоћно гледао у Милана. Да га није било срамота, чврсто би загрлио своје дете и не би га остављао у болници. Али доктори знају боље. Шта зна сељак са Криве Реке? Доктори су учили велике школе!

Мијајло се вратио кући без Милана, са собом је донео само дечаков тужни поглед из беле болничке собе, и своје сузе. После много година је погледао своју жену у очи.

— Није добро... — Јагодинка је била храбра жена, али се Мијајловог изгубљеног погледа уплашила више него икада. Осетила је бол у грудима, у стомаку, у души, чинило јој се да јој је изгубљен Мијајлов поглед рекао више него што је желела да зна.

— Како, зашто? — није имала снаге за речи, као никада пре, везао јој се језик од страха за своје дете.

— Мора на додатне прегледе. Све мислим, да је добро, пустили би га кући. Страх ме, не смем ни да мислим.

— Мијајло, ако се Милану нешто деси, мене нема — Јагодинка је крајевима шарене мараме брисала сузе, па није видела како

Мијајло згужваном шајкачом крије бол на свом лицу. Није га било срамота од љубави према детету, већ га је било страх од сваког новог јутра без детета под његовим кровом. Питао се да ли би га више болело да је његова крв, да је Губеринић. Од овога није могло више. Никог свог није волео као ово дете. Мијајло је за ових седам година свакога дана усвајао Милана. Волео га је све више и више, данас је схватио да би дао и свој живот за њега. Склапајући руке у молитву, Мијајло је сузних очију гледао у икону Светог Николе...

***

Запалио је цигарету и збораног лица дуго гледао у свог госта. Није био сигуран шта му више смета, памучни дим који му штипа очи, или крупан наслов у јучерашњем издању *Политике*. Бацио је новине на сто и погледао у ратног друга кроз лелујави дим цигарете.

— Јеси ли читао?

— Мене то није изненадило, ја сам изненађен што си ти изненађен, Крцуне! Па то је требало да знаш пре и од самог Кардеља, а исто то мисле и Хрвати.

— Добрице, ми смо крварили да би се они данас овако понашали. Где су се борили Словенци? Нигде! Дочекали су Хитлера са цвећем, као ослободиоца, а понашају се као победници у рату! Док су Срби гинули... — застао је јер ово нигде није водило, о томе су расправљали много пута.

— Крцуне, ти управо пишеш оптужницу против себе.

— Какву оптужницу, шта причаш, Добрице?

— Сам си рекао да смо ми страдали у рату, изгинули да би створили државе Словенцима и Хрватима. Кад год је требало да се изгуби глава, ту је био Србин! Је л’ тако било, Крцуне? Реци, јесам ли у праву? — жустар је био Добрица.

— Тако је, Добрице, ту се потпуно слажемо.

— Па, ако су Срби страдали у рату, зашто и у миру, Крцуне? — питао је Добрица широм отворених очију.

— О чему ти причаш? — Крцуну није било јасно шта је Добрица хтео да каже, одавно није био збуњен као сада.

— О Голом отоку! То је затвор за Србе, тамо нема ни Хрвата ни Словенаца, а за то си ти крив!

— Па... правимо ново, боље друштво, Добрице!

— Боље друштво! Па ти само Срби и Црногорци не ваљају! Њих преваспиташ, а шта је са другима? Они су вероватно савршени! — застао је као да тражи праве речи, па је наставио још жешће:

— Засметале су нам Кардељеве речи, а он се, у ствари, бори за интересе своје земље. Када ћемо и ми да гледамо интерес Србије, Крцуне! Када? Нас нико не мора да уништава, ми то радимо најбоље! Сами! Голи оток ти је најбољи пример... — још једном је застао, погледао у Крцуна па наставио:

— Био сам тамо, оно нико не заслужује! Било ме је срамота да погледам људима у очи, Крцуне. То су наши другови. Борили су се с нама раме уз раме, а Србија им тако враћа. И знаш ли шта је у свему најболније? — погледао је у Крцуна, али је сам одговорио на своје питање:

— Они су криви само зато што су Срби, зар не видиш то? Сам си рекао да су ти руке крваве до рамена, је л’ тако? — када је Крцун климнуо главом као да се слаже, његов ратни друг је наставио своју добронамерну критику.

— Јеси ли ти изузет од одговорности? Зар не видиш да постајемо оно против чега смо се борили. Лицемерно, неодговорно друштво!

— Шта је теби данас?

— Данас! Ма тако мислим годинама уназад. Није ми јасно да ти не видиш да Југославијом владају Словенци и Хрвати. Они који су чекали да се рат заврши да би отишли у партизане. И сам знаш како су нам се звале бригаде. *Пролетерска, Личка, Славонска, Далматинска*, све су по саставу биле већински српске, али се Срби нигде не спомињу! То је фалсификовање историје, баш као што се фалсификује и Титова биографија. А ми ћутимо, ћутимо да нам се не увреде *браћа* Хрвати, који су убили стотине хиљада Срба, а ми ширимо братство-јединство. Јесмо ли слепи код очију, Крцуне? Зашто се ћути о Јасеновцу, о јамама у Херцеговини, пуним српских костију. Чега се плашимо? Истине? Плашимо се да назовемо усташе правим именом, да кажемо да су Хрвати направили геноцид над Србима!

— Ја се не плашим, Добрице, то добро знаш! Никада се нисам плашио да Титу кажем у лице све што мислим!

— Кажеш, то је тачно, а шта радиш? Оно што замисле Кардељ и Крајачић. Ти си спровео њихову идеју у дело. Зар не схваташ да си био њихова продужена рука, Голи оток ће остати наша грижа савести све док смо живи — застао је, замислио се и наставио:

— Ако савести уопште имамо, то шта се ради на Голом отоку је комунистичка инквизиција. Много смо полетели, пад ће бити страшан, Крцуне. Буди сигуран у то!

— Ја ћу да се држим за ваздух — Крцун је био козер, па је сада лако пронашао одговор.

— Да, ти си увек бирао немогућа решења.

— Добрице, немогућ је и овај наш систем! Комунизам је утопија, а ми владамо, и још убеђујемо људе да им је добро. Кога не убедимо, шаљемо га на Голи оток, а то је и те како стварно. Видиш ли да и немогућ систем стварно опстаје, живи. Утопистичке идеје стварају врло реалан свет.

— Извесно време... да. А шта ће бити за педесет година? Баш бих волео да знам по чему ће нас историја памтити? У ствари, тебе ће памтити као човека крвавих руку, а мене? Мене неће имати по чему да запамте. Можда је то горе него у твом случају! Живети, а не оставити траг. Али, ако заступам идеологију која обмањује народ због власти, положаја, фотеља, онда је боље да ме не запамте, него да ме памте по злу.

— Да, тачно је, ја остављам крвав траг — замислио се, погледао у Добрицу као да се нечега важног управо сетио, па наставио:

— Мислим да је за тебе најбоље да оставиш писани траг, траг вечности, Добрице. Пиши, бар то знаш. Напиши историју убогог српског сељака, његово велико страдање под овим небом. Његов прогон и опстанак у рату и његов нестанак у миру! Напиши сведочанство народа који се борио за слободу, а изборио се за своје нестајање. Напиши свој тестамент, Добрице, и немој да бринеш за памћење српског народа — Крцун је значајно погледао у Добрицу, као да у њему види брижног оца српства и великог српског писца.

— Читао си *Карамазове*, знаш причу о великом инквизитору — Добрица се сетио великог Достојевског и, са великом муком у себи, наставио причу:

— Ја сам пред мојим професором на Голом отоку био као инквизитор пред Христом. Али, ја нисам био велики, ја сам био мали инквизитор. Смањио сам се пред мојим професором, који је, као стена, стајао преда мном и ћутао. Мој професор је ћутањем рекао више него ја постављајући му питања и објашњавајући му зашто треба да ревидира свој став. А његов став је био и мој, ја сам од њега научио све. Он је најморалнија особа коју сам икада упознао. Морал који хода! Громада од човека. Његово ћутање је говорило више од мојих речи. Пред његовим ћутањем моје речи су губиле сваку вредност. Тамо је он био иследник, а ја логораш. Ни цигару од мене није хтео да узме. Отишао сам посрамљен. Нико ме никада није понизио речима као мој професор ћутањем.

— Револуција једе своју децу — суво је констатовао Крцун, на шта му је Добрица одговорио:

— Мислиш, *револуција једе српску децу*, Крцуне. То је суштина нашег неслагања — само што је Добрица изговорио реченицу, чуло се тихо куцање на врата канцеларије.

— Уђи, Јелена — Крцун је добро знао како његова секретарица куца на врата. Ушла је као сенка, погледала у друга Крцуна и, држећи неколико писама у руци, чекала. Стрпљење је била још једна њена добра особина.

— Добрице, мора да се ради, хвала ти на посети. Много ми значе разговори с тобом, ретки су они који смеју и да помисле оно што си ми ти сада рекао. Вероватно мисле да је ћутање злато. Кад би само знали да се иза ћутања, најчешће, крије глупост. Наврати и следеће недеље, сада ћу имати о чему да размишљам — када је испратио ратног друга, окренуо се секретарици.

— Хвала ти, да нас ниси прекинула, ми би тако цео дан. Прочитала си писма?

— Ова писма морате и ви да погледате — спустила је неколико писама на сто, а једно је неодлучно држала у руци.

— А шта је то?

— Писмо једног шумара из вашег краја. Жали се на бесправну сечу шуме. Да вас не замарам и тим.

— Кога имамо у Ужицу? Врати то писмо градским органима, нека се они бакћу с ловокрадицама и нелегалном сечом шуме. Па не могу и тиме да се бавим.

Уморно је сео за радни сто размишљајући о речима Добрице Ћосића. Добрица је био у праву, али сада нема назад. Тешко је зауставити ауто који се великом брзином креће низбрдо, без кочница. У ствари, то је немогуће. Насмешио се и погледао у своју секретарицу, била је мелем за његове очи.

***

Дуго је размишљао о лучоноши. Питао се да ли је само сањао, или се десило нешто за шта нема објашњење. *Трептај између два света*, како је рекао лучоноша. Полако се приближавао брвнари када му је залутали ветар донео лучоношине речи: *Бог је љубављу оплеменио душу коју сам ти подметнуо.* Опет је помислио на Јелицу и осетио да му тело гори. Погледао је у правцу брвнаре и видео вучицу како тужно гледа ка шумској стази. Чекала га је. Када је осетила ветар са познатим мирисом, усправила се на предње ноге и дочекала Вукоја цвилећи.

Чим јој је пришао, помирисала му је руке и ноге, покушавала је да му се завуче између ногу, али је бол у повређеној нози био јачи. Тек када му је олизала обе шаке, Вукоје се усправио и ушао у брвнару. Био је запањен, ово није било понашање дивље животиње. Ова животиња има више љубави у себи него већина људи које зна. Обузимало га је неко чудно осећање да му вучица припада, да је њено место ту, поред њега, а не у шуми, међу зверима.

Када је затворио врата брвнаре, осетио је тежину у грудима и дубоко хукнуо. Умор га је стигао. Голооточка мука га је чекала кад год затвори очи, крици галебова, со и море. Мисли су му биле тешке, умарале су га, па је дрхтећи полако затворио очи и призвао мрак. Предао се, сан га је полако обузимао, враћајући га у један заборављен дан.

Није био сам у теретном вагону, у полумраку је пребројао десет мушкараца који су седели наслоњени леђима на странице вагона, и једну жену која је, седећи у ћошку, рукама грлила своје ноге, покривене сивом сукњом. По ципелама и кошуљи, закључио је да она није са села. Глава јој је била наслоњена на колена, а неуредна коса јој је падала преко уплашеног лица. Док је воз уморно клопарао шинама, Вукоје се питао зашто се то дешава њему, где га воде, и шта тражи једна жена међу њима? Није знао одговоре ни на једно питање. Нити су му судили, нити га осудили, а воде га на издржавање казне. Питао се да ли је могуће да оно што је Стаљин радио Русима, сада Тито ради Србима. Дуго је одбијао да поверује у то, али је овај вагон са кажњеницима био довољан доказ да је и то могуће. Са друговима у истој невољи, Вукоје се полако приближавао последњој станици овог воза, луци Бакар, где их је чекао брод за Голи оток.

Уместо једноличног клопарања воза, сада су без речи слушали успављујући рад бродског мотора. Уз мирис модрог мора и крике гладних галебова, немирни таласи су их носили ка голом, каменом острву. Нико од њих није могао да зна шта их тамо чека, какав дочек ће им приредити на Голом отоку. Када се брод приближио обали, кажњенике су избацили у море, па су мокри до паса, гладни и уморни од борбе са таласима, полако излазили на камену обалу. Оно што је видео када је изашао на обалу, Вукоје ће памтити целога живота. Шпалир старих затвореника је био спреман да гуштерима, новим кажњеницима, приреди топлу добродошлицу. Топли зец је био голооточки крвави ритуал, којим су дочекивани нови кажњеници. Требало је издржати батине старих кажњеника, који тиме показују лојалност партији. Топли зец је био казна и за старе кажњенике, који су сваким својим ударцем губили последње трагове људскости у себи, јер се њихова савест полако топила под врелим голооточким сунцем. Када се навикнете да бијете банду, разлози су небитни. Нема их, и не треба да постоје. Када се пробуди животиња у човеку, он почне да ужива у батињању. Свој бол је мање болан док бијеш друге...

— Удри банду! — неко је распуклим гласом дао знак да стари кажњеници, као животиње, почну да се обрачунају са новопридошлим кажњеницима. Ударци, крици, јауци. Тупи ударци чизама, летава, шака, песница и босих ногу у мршава згрчена тела, праћени су стењањем, крицима и беспомоћним погледима. Покушавајући да заштите главе, гуштери су инстиктивно подизали жицом везане, крваве руке. Многи су изгубили свест, пали на камену стазу и препустили се батинашима. Њихова тела више нису реаговала. Они који су били јачи, још увек свесни, тиме су били још једном кажњени. Видели су лица деформисана од мржње, видели су бол у њиховим очима, видели су себе! Такви ће бити и они ако живи прођу шпалир.

Вукоје није имао среће, још увек је био свестан. Крв му се сливала низ лице, а ударце по леђима више није осећао. Видео је много руку како замахују изнад њега, али више није осећао бол. Док је крвљу остављао траг по белом, врелом камену, чуо је лелек црквених звона. Преображење! Видео је Јелицу како му се осмехује, чуо је како га дозива и кренуо према њој. Када је добио још један ударац каменом у лице, испљунуо је крв и зубе, насмешио се Јелици и усправно кренуо напред.

— Удри! Удри банду! — поново се чуо неконтролисани глас, који је тражио жешћи обрачун са бандом. Опет ударци, опет јауци, крици, крв и погледи невернице. Последње шта је видео пре него што је пао под ноге својих батинаша био је изопачен зверски лик. Није имао снаге да устане. Капци су полако губили битку са светлошћу. У мраку је још увек чуо лелек звона са чајетинске цркве и галебове крике, који су постајали све тиши и тиши...

Када је отворио очи, био је склупчан у ћошку свог кревета. Држећи руке изнад главе, још увек се бранио од голооточких батинаша. Тишина му је донела спас, полако се окренуо и схватио да се налази у брвнари. Тело га је болело као да ово није био само сан, а онда је схватио да ће га и тело и душа болети читавог живота, да време не може да избрише болна сећања која су постала део њега.

***

На радни сто секретара Окружног комитета СКС за Титово Ужице, друга Миленка Пенезића, секретарица је спустила данашњу пошту и грациозним корацима изашла из канцеларије. Само што је села за свој сто, чула је кораке свог шефа и брзо устала да га дочека.

— Добро јутро!

— Добро јутро, другарице Душанка! — ушао је у свој кабинет праћен згодном секретарицом, која је у руци држала спремљен распоред данашњих састанака.

— Кажи, шта имамо за данас?

— У девет сати имате састанак Окружног комитета — застала је, погледала друга секретара у очи и наставила:

— У једанаест сати имате састанак Управног одбора у *Југопетролу*, а после подне вам долазе гости из Београда.

— Гости, ко нам долази?

— Долазе важни другови: Петар Стамболић, Недељко Јовановић и Боримир Срзентић.

— Са женама? — чудно се насмешио гледајући у своју секретарицу.

— Да, биће у друштву жена.

— Мислио сам са својим женама? — подигнутих обрва је погледао у секретарицу, удобно се завалио у столицу и чекао одговор.

— Колико ја знам, а то и ви врло добро знате, они не воде своје жене на пословне ручкове, друже Миленко.

— Пословне ручкове! — не спуштајући провокативни поглед са озбиљног лица своје секретарице, друг Миленко је наставио шаљивим тоном:

— Откад се курвање тако зове, побогу Душанка? — насмејао се грохотом, пуним устима. Ово јутро је баш лепо почело. Миленко Пенезић је уживао у свом послу, који, у ствари, и није био прави посао. У то, срећно време, комунистички кадрови су били недодирљиви, па Миленко Пенезић није много размишљао о одговорности. Фотеља секретара Окружног комитета била је као створена за њега, али човек без контроле и одговорности је врло лако клизио у неморал. Као секретар Окружног комитета СКС, Миленко Пенезић је био носилац многих функција, па га је на многобројне састанке подсећала његова секретарица. Толики број функција није могао лако да се запамти, али су га велике плате подсећале да буде захвалан Комунистичкој партији, која му је све то омогућила.

— Има ли поште?

— На столу је, ништа хитно.

— Хвала ти, Душанка, можеш да идеш — погледао је у лепу секретарицу, па се сетио:

— Још нешто, јеси ли нас најавила код Шопаловића?

— Јесам, шефе, очекују вас — кренула је ка вратима, али је сустигао глас њеног шефа.

— Душанка, ти си слободна после посла? — није је изненадило питање, али је волела да глуми изненађење.

— А ваша жена, шефе? — стидљиво је напућила усне, и чекала реакцију свога шефа, мада је добро знала шта следи.

— Жена! Ја не водим своју жену на *пословне ручкове* — вртећи главом, задовољно је развукао осмех и сву пажњу поклонио писмима на свом радном столу. Отворивши једно, приметио је да се у њему налази још један коверат, што га је додатно заинтригирало. Климајући главом, нетремице је читао садржину писма која му је гужвала чело. Завршивши са читањем, сочно је опсовао и бацио писмо на сто. Ово је било превише. После смеха којим је почео овај радни дан, стигло је и лоше расположење. Миленко Пенезић није волео да му други указују на грешке у систему, да му показују прстом на лопове, поготово ако су му ти лопови врло, врло блиски...

Икона

Светислав је поносно ушао у кућу коју је, још давне 1937. године, саградио његов покојни отац, Драгутин. Мада је тада имао само пет година, Светислав се и данас сећа вредних руку свог оца. Подигао је поглед у напукле чамове греде, које су држале кућу, које је његов отац резбарио вештим рукама, дајући им обележје овог краја и свој лични белег.

— Мајко, добио сам посао — био је срећан што ће од данас моћи да помогне својој породици. Да помогне мајци да прехрани његову млађу браћу, која оца нису добро запамтила. Спасоје и Вељко су били мали када је отац Драгутин отишао у шуму. Од доласка комуниста на власт, Зеленовићи су били *невидљиви* за нову државу. Кажњени, презрени, одбачени, људи без права на живот. Били су она друга, понижена страна Србије, која је изгубила рат. Данас се нешто променило, син једног четника је добио посао у милицији, а то није било уобичајено у златиборском крају.

— Да те отац види, умро би још једном. Од стида! — мајка је пресекла његову радост, тужно гледајући сина у униформи. Први пут је црвена петокрака прешла овај праг, и то није било силом. Унео је на глави њен најстарији син, Светислав, који је најбоље запамтио свог оца, и његов живот и његову смрт. Јованка је спојених обрва гледала Светислава, као да види Драгутина са крвавом петокраком на челу. Стегло јој се грло, стегла јој се душа, заболело је сећање на зимски дан са пуно крвавог снега...

На сељачким дрвеним саоницама, набацани један преко другог, довежени су лешеви четничке групе у којој је био и њен Драгутин. Као стоку, побацали су их са саоница и оставили их насред села да, својом крвљу, по снегу исписују трагове до својих кућа. Родбина их је односила једног по једног и спремала за укоп умивајући им унакажена лица. Партизани им нису дозволили да народне издајнике сахране на сеоском гробљу, па су их сахранили на ничијој земљи. Као псе. Поред сеоског гробља никло је још једно, са једанаест дрвених крстача, које су комунисти назвали псеће гробље. И поред забране нове власти, опело је служио отац Теодосије. Већ сутра, крстаче на псећем гробљу биле су поломљене и бачене у снег. Ни мртве их нису остављали на миру. Људи са црвеним петокракама на титовкама показивали су снагу свог бешчашћа, не знајући да се сваки грех бележи у небеску књигу правде. И у сећања. Сећања жена, деце, очева, мајки. Сезајући до неба, њихов бол је исписивао оптужницу за свако зло, ма ко га учинио.

— Мајко, па не можемо мимо света — молећиво је погледао у мајку, али је она наставила са болом у гласу:

— Ја не знам ко је издао, али знам да се једини из те групе вратио Љубодраг Танкосић. Жив и здрав, са црвеном петокраком на шајкачи. Може човек да промени капу, да закрпи образ, али не може да сакрије истину. Народ памти и добро и зло, а све ми се чини да зло дуже памти! О јаду ће се забавити они који су се сеирили над мојим мртвим Драгутином.

— Мајко, молим те, не мучи ме. Не пљујем ја на мртвог оца, запамтио сам добро ране на његовим леђима, жицом везане руке и крвави траг до наше куће. То сећање ме боли кô да је јуче било, али ја нећу да живим у мржњи. Зар треба да се светим, да им вратим дуг, да њихова деца гледају оно што сам ја гледао? Да памте оно што ја желим да заборавим, да себе трују мржњом које ја желим да се ослободим. Зар треба да се потаманимо и нестанемо?

— Ако то желиш да заборавиш, запамти бар да нас је наша црква лебом ранила, помогла нам да преживимо. Без благе речи и молитве оца Теодосија наш род би се затрô. Бог нас је спасао, не одричи га се. Човек се мери једном у животу.

— Мајко, добро знаш да не лежем без молитве Богу. Овај посао неће ништа променити — сузе су му влажиле поглед док је молећиво гледао у мајку. Болела га је свака њена реч, била је подсећање на крвави траг у снегу који је запамтио од очеве смрти.

— Још нешто желим да ти кажем — окренула се полако и пришла славској икони, која је била окачена на источном зиду брвнаре. Скинула је икону Светог Јована Крститеља са зида и окренула је према Светиславу. На другој страни иконе био је њихов понос и њихов највећи бол. У свечаној униформи официра Краљевине Југославије, са снажном руком на балчаку сабље, и осмехом испод официрских бркова, Драгутин Зеленовић је, с поносом у очима, гледао са ретуширане црно-беле фотографије, као да погледом држи на окупу своју породицу. Његов поглед је био стуб ове куће, његова жртва је била залог поштења породице која је све памтила.

— Ово је моја икона — тихо је рекла гледајући сина у очи. Док су му сузе влажиле лице, Светислав је поносно гледао у избледелу слику свога оца.

***

Отац Теодосије је замишљено гледао бројаницу на својој руци. Била му је драга успомена, али и горка подсетница. Пробудила је у њему сећање на зло време, на погане људе и једног великог човека, који му је помогао да, у најгоре време за српски народ, сачува свој мир. Било је пролеће 1945. године, крваво време за цео српски род. Две зараћене стране истог народа немилосрдно су се убијале. Светиле су се туђим, заборављајући на своје злочине. У том вртлогу мржње, када су комунисти полако преузимали власт, почела је хајка на свештена лица. Српска православна црква је била трн у оку новој власти. Отац Теодосије је добро запамтио да је ову парохију добио пред сам рат, у рано пролеће 1941. године. Данас, после дванаест година живота са Чајетинцима, чинило му се да добро познаје сваку главу, али те, 1945. године још увек је тражио начин да проникне у душе својих сељана. Да не раздваја пшеницу од кукоља, већ да сваком да лепу реч и помогне му у прочишћењу своје душе. Оно шта му је требало, то је и стигло. Зло време.

Био је април месец, недеља, дан када се све живо збијало под кров чајетинске цркве. Бол на лицима сељана повлачио се пред лелеком црквеног звона, пред сазнањем да се приближава крај рата. Текла је јутарња литургија, народ је певао и плакао са својим парохом. Молитва је испуњавала сваки део цркве и срца сељана, који су се надали да је прошло време зла. Као да су га црквена звона призвала, пред вратима цркве паркирао се сивомаслинасти војнички џип. На предњем седишту џипа, поред голобрадог возача, седео је начелник Озне, Слободан Пенезић Крцун, ледено гледајући кроз отворена врата цркве.

Крцун је изашао из џипа, затегао војничку блузу, коју су красили високи чинови и, са рукама на леђима, ушао у цркву. Као пред кугом, пред њим су се, сагињући голе главе, склањали уплашени сељани. Добро су знали свог земљака, којем је зао глас утирао пут. Приче о његовим неделима свима су терале страх у кости. Што је Крцун више прилазио олтару, све више сељана је, крстећи се у ходу, излазило из цркве. Мало-помало, у цркви осташе само Крцун и отац Теодосије, који је смирено гледао у злогласног начелника Озне.

— Попе! — развлачећи супериорни осмех на леденом лицу, Крцун је погледао у свештеника.

— Бог ти помогō! — смирено му је одговорио отац Теодосије.

— Видим, окупљаш народ.

— Окупља их вера у Бога, ја их само дочекујем. Ја сам слуга божји.

— Видиш, ту се слажемо. Ти си слуга, а ја сам власт, од данас ћеш мене да слушаш, ил' те неће бити! Је л' ти јасно, попе!?

— Ја сам слуга божји, а не твој.

— Од данас, ја сам за тебе Бог! — плануо је Крцун.

— Ја сам Бога другачије замишљао, без оружја у цркви — отац Теодосије се није уплашио, био је у својој кући.

— Наставиш ли тако, овај ће да ти суди — ставио је руку на пиштољ за својим појасом и оштро погледао у оца Теодосија. После неколико безопасних реченица, Крцун је показао своје право лице:

— Чујем да си зимус читао опело четничкој банди.

— За мене су они били само православни верници, пред Богом су сви исти. Душе не носе ни кокарду ни петокраку.

— Верници, кажеш!? Какви су то верници кад кољу свој народ, попе?

— *Није моје да судим, свако ће са својим гресима отићи на небо. Свако себи суди! Бог ће их наградити према њиховим делима. То је закон свих закона, божјих закона.*

— *Видиш, ја не верујем у божју правду! Онима који се огреше о наше, комунистичке законе, ја ћу да судим, попе! Тражим протојереја Стевана Тешића, побегао ми је пре три дана из Ужица* — *застао је, па, гледајући намрштено у оца Теодосија, истим тоном наставио:*

— *Ти га добро знаш.*

— *Цео срез га зна, по доброти. Он нема разлога да бежи.*

— *Има, има, онај ко ми млати кандилом по Ужицу, остаће и без руке и без кандила, попе! То важи и за тебе. Ја знам да се ти не плашиш за свој живот, уосталом, твој живот и не вреди много. Пази, немој да ти жена и деца страдају због матopoг јарца. Где је Стеван Тешић?* — *први пут је отац Теодосије осетио страх. Помисао на децу заробила му је мисли, срце се отело и ударало као лудо. Узалуд је покушавао да се смири, сваки поглед у ледено лице човека који је претио његовој деци, изазивао је бес и презир у њему.*

— *Први пут у свом животу видим ђавола у цркви.*

— *Говори, попе!* — *извадио је пиштољ, репетирао га и уперио у оца Теодосија.*

— *Нисам га видео годинама, зашто би се он крио у нашој цркви? Њему су сва врата отворена.*

— *Попе, последњи пут те питам!* — *после оштрог Крцуновог погледа, у цркви се чуо само дубоки уздах оца Теодосија, и тишина. Ледена тишина је пратила поглед оца Теодосија у икону Исуса Христа. Док је са усана оца Теодосија текла молитва, Крцуну се чинило да поп нешто булазни. Са гађењем је пљунуо на под, вратио пиштољ у футролу и бесно изашао из цркве. Његове одлучне кораке пратио је и његов заповеднички тон:*

— Хапси банду! — с пушкама у рукама, два партизана су утрчала у цркву, жицом везала руке оцу Теодосију и изгурала га из цркве. Док су доброг пастира хапсили, уплашено стадо је блејало.

Отац Теодосије није био једино свештено лице у дотрајалом загушљивом камиону са избледелом цирадом. Комунисти су направили велику рацију на свештена лица златиборског округа, па су их одвозили у Ужице, у затвор Озне. Хулећи на Бога, партизани су их кундацима угурали у ћелију у којој је већ било много свештеника. И поред вере у Бога, страх се видео у њиховим очима. Нису знали, ни слутили шта их чека. Најстарији међу њима, протојереј, парох чачански, Миљан Станојевић, показивао је својим држањем како се чува вера и достојанство православних свештеника. Сви су у проту Миљана гледали с великим поштовањем.

На почетку чисте недеље, пред сам Васкрс, прота је од Крцуна измолио да се свештеници причесте. Док је мирисао тамјан, протина молитва је испуњавала ћелију и душе свештеника. Теодосију се чинило да у свом животу није чуо лепшу молитву. Али молитва им није помогла, само је он жив дочекао Васкрс. Било је то последње причешће за тринаест свештених лица златиборског округа. Дан уочи Васкрса, дошли су за Проту Миљана Станојевића, који је сигурним погледом храбрио браћу у вери. Као да је знао кога ће Бог сачувати, прота је завештао оцу Теодосију своју бројаницу и малу икону Богородице. Док су се опраштали, надмени стражар је ушао у ћелију, пушком изгурао проту и, смејући му се у лице, гласно рекао:

— Ајде, попе, идеш Богу на истину! — протини ситни кораци су се изгубили у гласном бату војничких чизама, али је његова личност заувек остала у сећању оца Теодосија.

Сутрадан, на Васкрс, 23. априла 1945. године, ћелија је била празна, а срце оца Теодосија пуно. Вера је била јача од невере, од страха, од смрти.

Вртећи бројаницу на својој руци, отац Теодосије се са великом људском тугом и хришћанским поносом сећао злог времена.

***

Сваким даном који је остављао иза себе, Вукоје се осећао све боље. Мислио је да је његов живот изгубио сваки смисао, али је све чешће проналазио разлоге да се радује новом дану. Ово јутро га је обрадовало. Вучица га је радосно цвилећи дочекала на ногама, скакутала је око њега као да је њена повреда потпуно залечена. Обоје су били зависници од природе, па су одмах кренули у шуму. Вучица се кретала кроз шуму као да је за Вукоја везана невидљивим ланцем. С времена на време би застала, ослушнула би шум ветра, треперење лишћа и лепет уплашене птице, па би, препознавши Вукојеве лаке кораке, опет кренула напред. Ово јутро је било стицање поверења између две рањене душе. Корак по корак, шума их је гутала, увлачила у себе. Прекривајући их својим зеленилом, опијала их је мирисом трулог лишћа и трезнила оштрим мирисом борова. Стварала је око њих бајку, нестваран свет, који су, пробијајући се кроз густо борово грање, украшавали само ретки сунчеви зраци. У игри светла и сенки, све дубље су улазили у густу шуму, постајали део ње. Вукоје и вучица су имали много сличности, припадали су истом, слободном свету, који су им отимали сурови људи. Обоје су били жртве мржње и доказивања снаге над чистим, рањеним душама. Били су жртве људске обести, јер човек је најјачи и најсуровији када уништава беспомоћан свет око себе.

Заробљен својим мислима као ланцима, Вукоје се благом узбрдицом полако пео према селу Гостиље. И поред велике надморске висине, на којој се налазило, Гостиље је, у складу са својим именом, било гостољубиво према свим путницима намерницима. Ово златиборско село је било надалеко познато по водопаду реке Катушнице и по старим воденицама поточарама, које су се изгледом сродиле са прошлим временом. Када је угледао бистру воду, која се у млазевима пробијала кроз стену, Вукоју је застао дах. Гледао је прелепу водену завесу, која се после двадесетак метара лета, разбијајући се о глатке стене, сливала преко разнобојног камења, које је додатно украшавала зелена маховина. Овде се недирнута природа играла са бистром водом, расипала је и скретала, па је опет враћала у мала природна језера, из којих се вода преливала правећи водене каскаде и провидно беле водене завесе између глатких стена. Све је било савршено, и време, и место, и сећање на дан када се Јелица први пут огледала у овој бистрој води. Тог тренутка је осетио Јелицу поред себе, угледао је њен осмех у језеру и тргао се осетивши хладне капи којима га је прснула по лицу. У овим бистрим језерима вода је чувала њихове најлепше тренутке: Јеличин заљубљен поглед и њен дечји звонки смех. Јелица још увек ужива у прелепим воденим каскадама, још увек се огледа у планинској бистрој води, која чува њихову љубав од нестајања.

Кроз прелепи мир и васкрслу тишину, чуло се само сливање бистре воде између глатких стена и њен немирни жубор, којим се, скакутајући низ глатке камене каскаде, вода спуштала до језера. Само да предахне пре него настави свој пут без повратка. Вукоје је био запањен, био је неми сведок очаравајуће лепоте. Опет се заљубио у Гостиљски водопад. Дуго је гледао у призор који се ретко виђа. После голооточког зла, које му се четири године урезивало у душу, Вукоје се лечио природом, нежним сећањем, лечио се Јеличиним дубоким, сјајним, заљубљеним погледом, који се огледао у овој бистрој води. Из размишљања га је тргао топао додир крзна и влажна њушка. Није му дала да буде сам и тужан, вучица се привила уз Вукоја и, заједно с њим, гледала у бистро језеро. Дубоко је уздахнуо и наставио даље. Успон према врху Торника скретао му је мисли. Питао се да ли му је бол у грудима казна, или награда. Борећи се за ваздух, Вукоје је застао и задихано гледао око себе. У мирисима шуме је препознао и мирис звери. Знао је да нису сами, да је вук дошао по њу. Осетивши познати мирис, зауставила се у покрету. Подигнутих ушију, вучица је неодлучно гледала према шуми. Размишљајући где да крене, још једном је подигла њушку и неодлучно погледала у Вукоја. Знао је да се дивља природа не може променити, дошао је тренутак да се растану.

— Иди, слободна си — вучица се цвилећи привила уз њега, па је Вукоје поновио: — Иди! — погледала га је још једном и нечујним корацима нестала у густој шуми, вратила се свету којем припада, дивљини. Не гледајући за њом, Вукоје је наставио да се пење према врху. Чинило му се да је усамљенији него икад, да је и он постао нека врста звери, усамљене звери. Али, имао је лек за то, опет му је сећање на Јелицу заробило мисли.

✳✳✳

Мијајло је уплашено гледао у доктора. Испуњен страхом за своје дете, једва је превалио преко усана:

— Ја вас докторе ништа не разумем — надао се да га није добро разумео, али је доктор поновио дугу реченицу од које је уплашеном Мијајлу задрхтало срце.

— Леукемија је малигнитет крвних ћелија — доктор је наставио да прича, али га Мијајло више ништа није чуо.

Докторово озбиљно лице гасило је последњу наду да ће Милану бити боље. Док му се свет рушио, Мијајло је без речи, молећиво гледао у доктора, надајући се да нада постоји, да постоји нека божја правда, да деца треба да живе, да расту, да се смеју и радују животу...

— Али нада постоји — као да је прочитао Мијајлове мисли, доктор је унео мало оптимизма у овај разговор. Мијајлу је радосно заиграло срце, гледао је у доктора раширених очију, очекујући спас.

— Милану може да помогне трансплантација коштане сржи — чуо је спасоносну реченицу, али му опет ништа није било јасно. Очекујући још неко објашњење, без речи је гледао у доктора, па је доктор наставио:

— Пошто је Милан јединац, његов донор би могао да буде неки ближи рођак, брат, сестра... Морамо да нађемо компатибилног донора, који ће моћи да донира коштану срж Милану. Ваљда имате неке рођаке, Мијајло? Људи са села се радо помажу, поготово ако је живот у питању — када је доктор завршио предугу реченицу, Мијајло је побледео, па је доктор схватио да мора да буде тактичнији.

— Биће све у реду. Идите кући и поразговарајте са родбином. Ономе ко даје коштану срж, ништа се лоше неће десити, а Милану ће, можда, спасити живот. Мијајло, ви сте човек са села, мора да имате велику родбину? — доктор је подигао обрве и дуго их није спуштао гледајући како немоћан отац губи битку са страхом. Мијајло је осећао како га стежу *менгеле* у грудима, како се страх поново буди. Смењивали су се бол, страх и туга у Мијајлу. Ломили су га, ломили, ломили, али га нису сломили. Изашао је из докторске ординације уплашен, али решен, одлучан да моли, да тражи, да преклиње, све док не помогне Милану.

Када је сео у воз, напале су га слике из болничке собе, све је било бело осим влажних плавих очију. Видео је уплашено, бледо Миланово лице, које је очекивало помоћ од оца. Док му је подмукла болест убијала дете, Мијајло се борио са својим највећим непријатељем, урођеним страхом. Мада је цео рат провео у земуници испод своје куће, није имао намеру да бежи од борбе за Миланово здравље. Ни по цену свог живота. Он се живота одрекао давно, када се одрекао свог образа. Данас му ништа није било важније од Милановог здравља.

***

Трљајући замишљено браду огрубелим прстима, Теофил Балванић се загонетно смешкао. Много се радовао састанку са секретаром Окружног комитета за Титово Ужице, другом Миленком Пенезићем. Надао се да ће најзад видети како напредује изградња кућа које финансира нелегалном сечом државне шуме на Златибору. Да би облу грађу претварали у новац, Миленко Пенезић је укључио у посао и свог зета, Јанка Милића, директора *Југопетрола* за Титово Ужице. Осим бензинских пумпи, *Југопетрол* је у Ужицу имао и велику стругару и стовариште грађевинског материјала, у којем је завршавала обла грађа са Златибора. Пошто облу грађу нису плаћали, *Југопетролово* стовариште је било надалеко познато по повољним ценама резане чамове грађе. Све је штимало. Чврста спрега извођача нелегалних радова и корумпираних политичара на власти, омогућавала је легализовање криминала. Док је народ гледао своја посла, Теофил Балванић, Љубодраг Танкосић, Миленко Пенезић и Јанко Милић су се богатили. Само им је један човек био сметња.

Када му је секретарица отворила врата канцеларије, Теофил је развукао велики осмех и срдачно протресао руку другу Миленку. Али, ни после руковања није видео осмех на његовом лицу, па је схватио да нешто није у реду.

— Седи, Теофиле — друг Миленко му је показао на столицу, али је и даље био без осмеха на лицу. Никада пре није тако дочекивао Теофила. Њихов посао им је најчешће развлачио кварне осмехе. Ова озбиљна ситуације је била нешто ново, изненађујуће за Теофила Балванића, који је упитно гледао у секретара Окружног комитета.

— Ево, прочитај ово — уместо објашњења, Миленко Пенезић је бацио писмо на сто, и стрпљиво чекао да га Теофил прочита.

Теофил је неспретно отварао тајанствено писмо, нервозно подижући поглед према другу Миленку. Када је отворио писмо, његово изненађено лице је полако обузимао бес. Климајући главом стегнутих зуба, Теофил је подизао бесан поглед у плафон канцеларије. Када је издувао сав бес из себе, Теофил је погледао у Миленка.

— Одакле ти ово? — бесно је махао писмом, да је био у Чајетини, већ би неком псовао све по списку, али овде. Овде су важила нека друга, туђа правила, овде је требало ћутати и прећутати, и када си у праву и када ниси.

— Видиш, Теофиле, колико нам значе моје везе! Да није било мог Крцуна, богзна где би писмо завршило? Само, није ми јасно како је шумар све сазнао? И моје име је ту. Све нас је тачно набројао. Од тебе, Теофиле, па до мога зета, то мора да му је неко рекао. Нека Танкосић провери *где цури*, разумеш?

— Јасно ми је, све ми је јасно, осим...

— Осим?

— Четири године је био на Голом отоку и опет тера по своме, није ми јасно.

— Слушај ме добро, Теофиле, ово је питање опстанка. Или он, или ми! Ја имам свој углед, положај, достојанство, не могу да дозволим да ме тај шумар... како му беше име?

— Вукоје Курјаковић — бесно је просиктао Теофил.

— Е, тај Вукоје, не сме више ником да пише. Је л' ти јасно? — Миленко Пенезић је одлучно погледао у Теофила. Ништа више није рекао, а Теофилу је све било јасно.

— Јасно, то ћемо ја и Танкосић да решимо, немој да бринеш, него... хтео сам да погледам како напредују радови.

— Види, радови добро напредују, сви груби радови су завршени, куће су покривене. Јуче сам се чуо са Јанком, немој да бринеш. До пролећа ће све бити завршено.

— Мислио сам да скокнемо до градилишта, баш бих волео да својим очима видим како теку радови.

— Теофиле, имам састанке по цео дан, други пут. А ти искористи важне положаје на које сам те поставио. Ти си председник ССРН општинске конференције Чајетина, а још си и у Дирекцији шума за чајетински срез. Искористи ауторитет да се решимо тог шумара, једном за свагда! — по погледу друга Миленка, Теофил је схватио да је разговор завршен.

— Рачунај да је то готово, друже Миленко — климајући главом, Теофил је изашао из канцеларије. Био је чврсто решен да уради оно што му је погледом наредио друг Миленко, али је знао да то неће бити нимало лако. Шумар је био жилавији него што су мислили. Вукоје Курјаковић више није бринуо о себи, о својој будућности. Са Голог отока се вратио човек који није имао шта да изгуби.

***

Завршивши своју редовну смену, Радован Чемеркић се уморно упутио својој кући. Кораци су му били тешки, претешки. Ма колико ишао напред, сваки корак га је враћао назад, у прошлост. Када баци поглед у двадесет девет година свог живота, које је некако скрпио, једино чега се добро сећа је мука. Рат, глад, болест, смрт... и тако у круг. Ницале су дрвене крстаче са његовим презименом из хумки на сеоском гробљу. Након повратка са острва Видо, отац Јанаћко се полако гасио, и угасио крајем 1931. године, месец дана пре него што му је млађи син умро од туберкулозе. Од мушких глава, да носи презиме које је потпуно одговарало судбини њихове породице, оста само Радован. Смењивали су се јад, чемер и бол у његовом животу. Узалуд се надао нечему чега ће се радо сећати. Питао се колико је он крив за то? Да ли је могао да бира, или је морао да се препусти људској грабежи која је газила све пред собом. Сетио се Вукоја. Кад год покуша да сагледа свој живот, сети се њега. То му је била савест и најболнија тачка. Вукоје је био пример поштења, који дели људе од нељуди, човек који ће се поклонити и најмањем добру, а неће устукнути ни пред највећим злом. Вукоје је био огледало у којем је Радован видео свој грех.

Заробљен тешким мислима, није ни осетио да је стигао до своје куће. Отворио је врата, скинуо са смушене главе капу са црвеном петокраком и тек тада се следио. За столом су седеле мајка Јана и његова бивша девојка, учитељица Мара, коју је Радован најмање очекивао под овим кровом. Није желео да се сећа ноћи у којој је изгубио све, баш све. Волели су се, воле се и сада, али оне ноћи, када је сазнала да је потказао најбољег пријатеља, Мара је у сузама побегла од њега. Питао се зашто је дошла, ништа се није променило. Он је и даље онај исти гад, ђубре, нечовек, још увек памти њене истините речи, које га кољу и даве, али никако да га докрајче. Оне ноћи није имао среће, Вукоје га је скинуо са шљиве. Спасао га је смрти, али га је оставио на милост и немилост животу, на милост и немилост својој пробуђеној савести. Сада је Мара поново ту, у кући која је тихо пропадала под теретом срамоте коју је Радован носио на својим леђима.

— Добро вече! — мајка Јана је брзо устала од стола и оставила их саме, вечера је могла да сачека. Мара је дуго ловила Радованов несигурни поглед, који је изгубљено лутао по старој, слабо осветљеној брвнари.

— Откуд ти? — најзад је скупио снагу да је погледа дубоко у очи, а то је заболело и њега и њу.

— Желела сам да те видим. Зар немам права на то, зар је теби свеједно када ме се сетиш? Ето, дошла сам.

— Дуго се знамо, о чему се ради? Пред тобом је онај исти Радован, грешни Радован, који се све више прља покушавајући да опере свој грех. Реци ми да ли сам ја једини грешник на свету, да ли се и другима не прашта оно што се мени није опростило. Знам, крив сам. Да ме нема, свима би било лакше. Али, ја нисам способан да пресудим себи — застао је јер су га заболеле речи које ће тек изговорити.

— Њему сам лако пресудио...

— Зашто се мучиш? — заболео га је њен дубоки поглед, застао је и, као да се исповеда у цркви, широм отворио своју покајничку душу.

— Тако ми је лакше, лакше ми је кад се мучим, кад се кољем сећањем. Кад бих покушао све да заборавим, да наставим да живим као да се ништа није десило, као да нисам издао најбољег пријатеља, тек тада бих пљунуо на себе.

— Вукоје је био код мене — застала је видевши блесак у његовим очима који се, као звезда падалица, одмах угасио.

— Нисам га познала док му нисам чула глас, али сачувао је душу. Све ти је опростио — погледао је Мару као да му је забола нож у срце, као да је дирнула у свету, најсветију реч која се тиче само њих двојице. Праштање.

— Не може да ми опрости оно што ја сам себи не могу да опростим. Његова доброта је за мене казна. Кад се сетим њега, осетим стид, гађење према себи — застао је, али није избацио из себе све што му је убијало самопоштовање.

— Маро, ја нисам издао само Вукоја, издао сам и тебе, и себе! Ја сам продао душу за посао, за паре! То ће ме пратити читавог живота, ма колико ми он праштао.

— Покајање има смисла само ако после тога кренеш напред, у нови живот. Сврха покајања је нова шанса. Човек се поправља покајањем за свој грех. Зар мислиш да су људи око тебе безгрешни!? Не, Радоване, нису, само су мање самокритични, лако заборављају. Праштају себи оно што не праштају другима. Тако мораш и ти, Радоване Чемеркићу! — устала је са столице и кренула према вратима. Када су зашкрипала тешка, дрвена врата, застала је, погледала га у очи и тихо рекла:

— Када опростиш себи, и пронађеш снаге за нови почетак, можда ћеш пронаћи и мене...

Теодосије

Сваки човек носи у себи и добро и зло. Добра дела радо показује и хвали се њима, а своје зло покушава да сакрије, да прекрије својим добрим делима. Отац Теодосије је био добар свештеник, добар човек, па су му, и у овим смутним временима, његови Чајетинци радо долазили, и на молитву и по савет. Требало је преживети зло време, којем се још није назирао крај. У вртлогу сећања, једна реченица га је вратила на разговор који је одлучивао о његовом животу, о животу његове породице.

— Ако не сачуваш своје стадо, ти ниси добри пастир. Дужност доброг свештеника је да сачува своје сељане, да их не води погрешним путем.

— А који је то прави пут? Један атеиста то сигурно боље зна од свештеника, од правог верника. Баш бих волео да знам како да сачувам своје мирно стадо од вукова, од наоружаних неверника, од мржње, од братоубилачког зла.

— Прави пут је пут очувања живота, свака власт дође и прође, а људи остају. Увек су ту, као овце на пашњаку. Пасу и блеје, само то и треба да раде! Је л' ти јасно, попе?

— Тек ми сада ништа није јасно. Јуче сте побили свештенике који су били са мном у ћелији, а данас ми причате како треба да сачувам сељане.

— Сељане треба да сачувате од вас, од свештеника, од цркве која својим учењем ствара негативан однос сељана према новој власти. Видиш, попе, ја желим да се договоримо.

— Да се договоримо! Како могу да се договоре џелат и жртва?

— Питаш се зашто и тебе нисам стрељао? — застао је, развукао кисели осмех, па наставио:

— Из врло практичних разлога. Зар није боље да те искористим живог него да твојом смрћу не добијем ништа. Разумеш, попе?

— Па зашто сте убили остале свештенике, зар нисте могли и с њима да се договорите?

— С њима! Нисам могао да их уценим. Једни су више волели Бога него себе, а други су више мрзели комунисте него што су волели свој живот, своју породицу — Крцун је погледао у оца Теодосија, прогутао пљувачку, па наставио своју тезу:

— Ти више волиш своју породицу него Бога, учинићеш све да је сачуваш од непотребне жртве. И то ми се свиђа. Ти си, као и ја, практичан човек. Нека овај народ верује у то шта верује, али сада треба да поштује нову власт. Уосталом, свака власт је од Бога, чему узалудне жртве?

— Зар и ваше жртве нису узалудне? Колико је Срба страдало у овом рату, колико после рата? Убијање Срба никако да престане.

— Зато ми и треба договор с тобом. Пустићу те да се вратиш у своју парохију, нека сељани слободно иду у цркву, нек се моле том... свом Богу. Али, твоја служба не сме да изађе из црквеног дворишта. Нема одласка по кућама, нема великих прича против државе и комуниста. Све мора да буде под мојом контролом, попе! У супротном, оде и глава и породица! Је л' јасно? — Крцунов поглед је био довољно јасан, смрт још једног свештеника не би му тешко пала, али жив свештеник може много да помогне, и себи и другима. Гледајући у замишљено лице оца Теодосија, Крцун *је мирно очекивао његов одговор. Иза леденог лица крио је своју најјачу карту.*

***

Као кроз болно сећање, с муком се пробијао кроз ниско растиње густе шуме, коју је полако нагризао мрак. Није се плашио шумова дивљине, већ сенки прошлости, које су га пратиле и дању и ноћу. Када се ослободио густог шибља које је спутавало његове кораке, разгрнуо је рукама гране изнад себе, подигао поглед и застао. Као омађијан, Вукоје је раширених очију погледао у блештаво небо и осетио чудну енергију између обрва. Пун месец! Одавно није имао то задовољство, па је дуго гледао у сјајну небеску чаролију. Када је осетио бол у погледу, удахнуо је дубоко, ушао у брвнару, и упалио лампу на гас. Док је мрак *бежао* из његове брвнаре, сенке су се смештале између зидова, и чекале.

Самоћа је човеку највећа казна. Вукоје је своју голооточку казну одслужио, одлежао, али је на самоћу осуђен доживотно. Питао се како даље. Како победити сећања на своје поразе, на срозавање његове људскости на најмању могућу меру, како? Питао се да ли је то проклето камено острво остало испод плавог спуштеног неба, или су га, после одслужене казне, у свом напаћеном сећању, у својим згаженим, пониженим душама, са собом понели голооточки логораши. Камен по камен. Постављајући себи питања на која није имао одговор, није ни осетио да га је лажљиви сан преварио и однео...

Чуо је крике галебова, осетио је мирис мора и горак укус соли у устима. Сунце је већ било високо изнад острва када је стигла нова група. Све је било исто, брод је избацио кажњенике у море и оставио их да се боре с немирним таласима. Када су исцрпљени изашли из воде, на каменом острву чекало их је изненађење. Казнени шпалир. И Вукоје је био у њему, спреман да покаже лојалност комунистичкој партији, да покаже да је ревидирао свој став. Да покаже да је исти као и остали кажњеници. Безвредан. Уморни од борбе са морским таласима, нови кажњеници су се полако приближавали шпалиру старих голооточких кажњеника, не знајући да их чека топли зец, немилосрдна добродошлица. Били су изненађени када се кроз лелујав, врео ваздух зачула језива команда:

— Удри банду! — као дивље животиње, кренули су на банду коју је требало казнити. Преваспитавање на Голом отоку урезивало се у сећања и нових и старих кажњеника. Памтиће изненађене погледе, руке подигнуте изнад глава, избијене зубе и крв невиних људи на својим рукама. Бол који су наносили једни другима, повезиваће их читавог живота. Стежући чврсто камен у руци, и Вукоје је био међу батинашима. Чекао је да каменом пренесе свој бол на главу неког кажњеника. Сав његов бол стао је у један замах, високо је подигао руку и погледао у лице кажњеника који је немоћно држао руке изнад себе. Сударила су се два бола. Бол који Вукоје наноси и трпи, постао је исти бол, са којим ће морати да живи на овом врелом, проклетом, каменом острву. Уместо претученог, крвавог кажњеника, који га је уплашено гледао, Вукоје је у његовим очима видео себе, али је и даље грозничаво стезао голооточки камен. Рука је свом снагом кренула према уплашеном погледу.

— Неее! — крикнуо је и пробудио се у полумраку своје брвнаре, али му буђење није донело спас. Слике крвавих кажњеника, уплашених, сломљених погледа, биле су и даље пред њим. Сећање је била његова највећа казна. И највећи бол у души и телу. Скупивши мршаво тело у ћошак кревета, покушавао је да се сакрије од крвавих слика. Рукама је упорно брисао уплашено лице, мислећи да је попрскано невином крвљу. Тада су га напале и сузе. Ово није био само сан.

****

Дуго су седели за столом и ћутали. Када те велико зло ухвати за *гушу*, остаје ти само ћутање и нада да ће те зло само пустити. Али, ово зло није имало намеру да попусти. Тражећи невину душу, намерило се на кућу Губеринића, на Миланову дечију душу. Тешки уздаси и уплашени погледи у страну, поново су испунили Мијајлов и Јагодинкин дом. Али не због међусобних оптужби и пребацивања кривице, већ због страха и немоћи да помогну свом детету. Скупио је снагу да је погледа у очи и покајао се. Видевши његов изгубљен поглед, Јагодинка је схватила да помоћи нема, да их је и Бог напустио. Сузе страха и наде у Јагодинкином изгубљеном погледу тражиле су од Мијајла немогуће, а он се мучио, давио се речима које није могао да превали преко усана. Обоје су добро знали да Милан није његова крв, да једино рођаци по мајчиној линији могу да му помогну.

— Твоја сестра Марија има децу, разговарај с њом — бојажљиво, пазећи да је не увреди, тихо је рекао Мијајло. Јагодинкина рођена сестра, Марија, имала је троје деце и, Богу хвала, сва су била здрава. Али, требало је мало добре воље и жеље да се помогне малом Милану. Не гледајући у Мијајла, Јагодинка је обрисала сузе, одлучно везала мараму око главе и кренула. Сваки минут је био драгоцен, више није било времена за губљење. Мијајло се подигао и кренуо за њом, знао је да је, за разлику од њега, Јагодинка упознала страх тек када се Милан разболео. Од тада је са страхом устајала и ишла на починак. Али сада јој страх није требао. Њеном детету је требао лек за опаку болест.

До села Ковачевићи требало им је скоро два сата уплашеног хода. Пешачили су без речи, као да нису ни ишли заједно. Заробљени својим мислима, заборавили су на умор, пред њима је био пут на којем су корацима наде побеђивали свој страх. Кад су угледали усамљену кућу на лаганој узбрдици испод шуме, Јагодинки се стегло грло. Док јој је сестра прилазила с осмехом, на Јагодинкином лицу се видео велики бол.

— Јаго, шта је било?

— Милан није добро — Марија је уплашено ставила руку на уста и загрлила сестру. Осећала је њен бол, знала је да их је само велика мука натерала да дођу у Ковачевиће. Док су прилазили кући, Марија је погледом безуспешно тражила свог мужа, који је био заузет послом око стоке. На селу није било времена за одмор. Одморићу се на оном свету, била је узречица Марка Манђића.

Тек када су ушли у кућу, и када им се придружио и домаћин, Јагодинка је испричала њихову муку. Ма колико им је Мијајло објашњавао да је потпуно безопасно донирати коштану срж, Манђићи то нису хтели ни да чују. Бол су разумели, али га нису осетили, а Губеринићима није било довољно разумевање њихове муке. Била им је потребна и жеља да се помогне Милану. Болести су заобилазиле кућу Манђића, па се њихова помоћ свела на саучешћу у болу Губеринића и...

— Ако треба новца, ја ту могу да помогнем, остало... — Марко је подигао жуљевите сељачке руке испред себе, завртео главом и одлучно погледао у Мијајла и Јагодинку.

— Останите да ручамо — Марија је покушала да ублажи Марков поглед, али Губеринићи нису били гладни. Њима је требало нешто више од пуног стомака. Надали су се да ће се својој кући вратити пуног срца. Преварили су се. Изашли су из куће Марка Мандића погнутих глава. Док су из Ковачевића ишли према Кривој Реци, Јагодинка је, призивајући Бога, клела и плакала. Не окрећући уплакани поглед према замишљеном Мијајлу, Јагодинка је скупљала своје сузе рубовима шарене сељачке мараме. Док је несигурним корацима ишао иза своје жене, Мијајло се спремао на још једно понижење. Знао је ко може да помогне Милану.

***

Теофил Балванић је нестрпљиво седео за кафанским столом, очекивао је Љубодрага Танкосића, саучесника у криминалним радњама, које су до детаља описане у писму Вукоја Курјаковића. Није био уплашен, већ бесан. Знао је да су људи изнад њега и сувише јаки, да ће, штитећи њега, у ствари, штитити себе. Били су алке истог ланца, ако страда један, повући ће и остале за собом. Посао који су радили није могао да уради један човек. Овде се уплео систем корумпиране власти, који никада ником није био одговоран. Теофил се надао да се ништа неће променити ни после овог писма, свако истеривање правде овде је било *ћорав посао*. Све док је био у спрези са људима из власти, није много бринуо. Теофила је мучило нешто друго.

Мучило га је то што у његовом окружењу постоје људи који својим поштењем показују колико је ђубре Теофил Балванић.

— Балванићу! — тргао се на глас Љубодрага Танкосића, који се удобно сместио на дрвену столицу, наслонивши се лактом на кафански сто.

— Танкосићу, причај, шта ћеш да попијеш?

— Као и обично, јагодинско — Теофил је подигао руку и келнеру је све било јасно. Одмах је донео још једно пиво.

— Да чујем, био си у Ужицу? — Љубодраг је очекивао добре вести, није ни слутио да ће питањем испровоцирати Теофила Балванића да избаци сав надолазећи бес из себе.

— Био сам... — климајући главом, Теофил је наставио:

— Имали смо среће што је Миленко с Крцуном једна глава. Што, што...

— Шта се десило? — Љубодраг му није дао да настави, радознало је гледао у изнервираног Теофила.

— Курјаковић је писао Крцуну. Написао је све до детаља, сва имена, стругару, стовариште. Као да ради у милицији. Слушај ме добро, Танкосићу, више нема играња. Наше главе су у питању.

— Па шта да радимо?

— Прво мораш да сазнаш како је дошао до података. Изгледа да му неко преноси информације. Тек када то откријеш, знаћемо шта следи даље. Можда ћемо морати да уклонимо још неког.

— Ја имам други предлог, Теофиле. Глупо би било да радимо себи о глави.

— Молим!

— Да му понудимо паре, то још нико није одбио.

— Слушај ме добро, Танкосићу, ја сам уложио све у овај посао! Нећу дозволити да ми један шумар стане на пут! Ја газим све пред собом, је л’ ти јасно? Пробај још једном. Ако то не прође, знаш шта следи!

— Знам, добро знам шта следи. Сутра ћу послати Радована да разговара с њим — Танкосић је покушавао да се извуче из Теофилових канци уцена, јер је само Теофил знао шта се догодило у шумарској брвнари. Одговорност за још једну смрт није требала Љубодрагу Танкосићу. Знао је да би га тада шака Теофила Балванића стегла још јаче, а Теофил је имао јаке руке, гвоздени стисак, који лако не попушта.

— Имаш десет дана, после ја преузимам, Танкосићу! — Теофилу се много журило, желео је да се што пре ослободи поштеног шумара. Нагло је устао од стола и, праћен изненађеним погледом свог ортака, брзо изашао из кафане. Љубодраг се најзад опустио и још удобније завалио у столицу. Решио је да на миру попије своје пиво.

∗∗∗

Радован је с гађењем размишљао о љигавим речима командира милиције. Добро је знао да од Танкосића и Балванића почиње свако зло у Чајетини, али више није размишљао о себи, размишљао је о човеку који се издигао изнад њих, изнад мржње, освете, криминала, новца. Како да му пренесе поруку која ће све то бацити у блато, испрљати све што је Вукоје годинама градио и због чега је четири године провео на Голом отоку. Понуда коју носи биће пљување у лице Вукоју Курјаковићу. Радован се питао да ли би и Вукоје могао да живи без части. Без новца је тешко живети, без части — још теже. То најбоље знају они који су је изгубили. Питао се зашто се тако лако и јефтино продао. Да ли изгубљена част поново може да се врати, и да ли ће, једног дана, себе поново сматрати човеком? Да ли ће, после разговора с Вукојем, пронаћи праве одговоре, за којима трага четири дуге године? Са великим теретом греха на слабашној савести, упутио се познатом кривудавом стазом. Кораци су му се опирали, застајали, окретали се на другу страну, али су ипак послушали покајничку душу. Знао је да Вукоје већи део свог времена проводи у шуми, али се надао да ће га затећи у брвнари. Док је несигурно корачао између младих букава, витких јела и црних борова, пустио је да га шумска стаза одведе у прошлост, у болно сећање.

— Само потпиши и од сутра радиш. Нико, никада неће сазнати да си га ти пријавио. Само ти и ја, а ја имам слабо памћење. Уосталом, ништа ниси измислио. Онај ко каже да је друг Тито Стаљинов ђак, удара на тековине револуције. Радоване, ти браниш своју земљу када јој је најтеже, разумеш, разумеш, разумеш... — упорно је трескао главом покушавајући да избаци из ње непријатно сећање, али му то није помогло. Није могао да се отресе лукавих речи Љубодрага Танкосића, које су га упорно пратиле док се приближавао шумарској брвнари. Када је ушао у празну брвнару, схватио је да је закаснио. Не знајући шта да ради, окретао се око себе.

Радован је тужно гледао у скроман живот Вукоја Курјаковића. Ручно прављен дрвени кревет, мали сто од врбовог пруђа, две столице и дрвена витрина. Тужно је гледао у имовину човека којег Љубодраг и Теофил желе да купе новцем. Све што има, Вукоје је направио својим рукама, и за све што нема, сам је крив. Радован је покушавао да мало олакша себи, својој савести, која се није предавала. Поново је видео себе како потписује пријаву против Вукоја, видео је љигави осмех Љубодрага Танкосића и осетио бол. Савест не можеш да превариш. Ако је имаш, болеће те свака лаж, свако дело које се противи божјим законима. Радован Чемеркић је то најбоље знао. Он је био жртва своје савести. Изашао је из брвнаре размишљајући шта да ради; да сачека, или да се одмах врати у Чајетину необављеног посла. После неколико минута недоумице, решио је да ризикује, и кренуо у шуму.

Пробијајући се све дубље кроз густо зеленило, улазио је у један сасвим други свет. Овде, у животињском царству је владао закон јачег. У суровој борби за опстанак, животиње су ловиле и биле ловљене, али никада нису радиле оно што је радио човек. Потказивање је била људска особина, ниједна животиња не може да буде тако подла као што то може да буде човек. Пробијајући се кроз густо грање, чуо је само шумове које је он правио, па није осетио да га неко посматра. Неко је пратио Радованово провлачење између сенки борова и ретких сунчевих зрака, који су се једва пробијали кроз густе гране подивљале шуме.

— Да се ниси изгубио, Радоване Чемеркићу? — тргао се на познати глас, глас човека који му је све време био у мислима. Изронивши из шумског зеленила, пред Радованом се појавио Вукоје Курјаковић.

— Вукоје, тебе тражим.

— Свет је мали, а шума још мања — Вукоје је пребацио пушку преко рамена и кренуо невидљивом стазом ка шумарској брвнари. Радован је ишао за њим, тражећи начин да каже оно што би најрадије прећутао, задржао за себе. Неколико пута је хтео да почне разговор због којег је дошао, али би се увек предомислио. Стид који би осетио када год погледа Вукоја у очи, спутавао је речи које је хтео да изговори. Одлагао је разговор све док нису стигли до брвнаре, тада је схватио да мора да пренесе поруку.

— Кажи, зашто си дошао? — као да му је прочитао мисли, Вукоје га је претекао питањем.

— Носим ти поруку — једва је превалио преко усана.

— Поруку, од кога!? — Вукоје је био изненађен, овоме се најмање надао. У глави су му се врзмале свакакве мисли, јер је добро знао с ким има посла. Порука је била још једна њихова лукава, прљава игра, којом су куповали драгоцено време.

— Од Танкосића и Балванића, желе да се договоре с тобом. Нуде ти новац и кућу у Чајетини — застала му је реченица у грлу, заболело га је то што је видео у Вукојевим очима.

— Нуде ми новац!? Радоване, видиш ли ти цену на мени? Баш ме интересује колику су ми цену одредили, колико коштају четири године на Голом отоку? Колико кошта Јеличин живот, колико, Радоване? Колико!? — Вукоје је полако падао у ватру.

— Вукоје, никада се нисам осећао као сада, срамота ме је. Преносим ти поруку јер не желим да поново страдаш! Ја тебе носим на души! Знам шта си рекао Мари, али је праштање могуће тек кад и ја себи опростим — у његовом погледу се видело да га је бол шчепао за рањену душу.

— Хоћу да знаш, ја сам на твојој страни. Ја ти дугујем више од живота, твој сам дужник, Вукоје — у шумарској брвнари се поново родило искрено кајање. Осећали су исти бол. Радованово болно покајање је тражило праштање, искрено Вукојево праштање.

— Радоване, нека ти је просто. Ни ја не могу да живим без праштања, немам право на то. И ја сам радио ствари којих се стидим, које не могу ни да споменем. Због којих плачем сваке ноћи. Праштајући теби, ја покушавам да опростим себи, а то није лако. Знам како се осећаш. И ти си кажњен! Ми смо исти, Радоване. Нисам ја ништа бољи од тебе. Оно што си ти урадио мени, ја сам то урадио другима — погледао је у Радована, па с великом муком у дрхтавом гласу наставио:

— И ја сам неког издао, потказао, тукао људе који су били, баш као и ја, без кривице криви. Голи оток је уништио све људске вредности у мени, усадио ми је осећај кривице, безвредности, да више никада никоме не могу да кажем да нисам крив. Сви смо криви, Радоване, али нам то не даје право да престанемо да се боримо против зла у себи. Сваки нови дан је шанса за искупљење. Наша је обавеза да се трудимо да сваког дана будемо бољи људи — Вукоје је избацио из себе оно што је мислио да никада неће моћи. Улог је био велики: Радованов живот. Вукоје се није крио иза лажне слике свог живота. Само храбар, поштен човек је могао да каже оно што је Вукоје сада превалио преко својих усана.

Радован га је гледао изненађено, без речи. Ово није очекивао. Дуго му је требало да се поврати, па је непријатна тишина испунила шумарску брвнару. У мртвој тишини су размишљали о својим покајничким речима. Са болним, искреним кајањем, стигло је и тешко признање. Сви смо грешни.

Радован није знао да ли треба да се радује истини, или да тугује за идеалном сликом Вукоја Курјаковића, коју је грижом савести стварао у себи. Пао му је камен са срца када је схватио да је грех саставни део људског живота, да само грешници ходају земљом.

***

Бесно је погледао у Радована, а онда се окренуо Теофилу, који је без речи слушао све што је Радован рекао. Мада је знао да је Вукоје тврд орах, Љубодраг се надао да је шумар омекшао на Голом отоку и да ће се ова прича завршити на лакши начин. Надао се да ће новац, чијим чарима они одавно робују, и код Вукоја изазвати исти ефекат. Гледајући кроз прозор, чекао је да Радован изађе из канцеларије која је постала премала за надирући бес који је Теофил још увек контролисао.

— И, шта сад!? — погледао је у Љубодрага као да је он крив због настале ситуације.

— Не знам, Теофиле!

— Ако ти не знаш, ја знам! Изгубили смо превише времена, а ја немам времена за бацање. Од овог тренутка, Вукоје Курјаковић је мој проблем! — Теофил је ставио руке на сто и оштро погледао ортака у очи. Није му било први пут да прелази границу људскости, па му ни сада то није тешко пало...

— Јесмо ли се ми разумели, Танкосићу? — наставио је претећим тоном.

— Ти си решио да затреш целу породицу. Имаш ли ти неке нерашчишћене рачуне са Курјаковићима?

— Ја имам нерашчишћене рачуне са свима који ми стоје на путу, Танкосићу! Или газиш, или ћеш бити згажен, а ја немам намеру да лижем туђе ђонове! Зато газим све пред собом, без милости! — када је избацио сав бес из себе, Теофил се окренуо и изашао из канцеларије залупивши врата за собом. Љубодраг је одахнуо. Све више му је ишао на живце, али га је подносио с осмехом јер га је Теофил држао у шаци. Његово понашање је свакога дана било све бахатије. Претећи му кривим кажипрстом, Теофил Балванић га је увек подсећао на Јелицу, на дан када је остао без малог прста на десној шаци, и без последњег зрна људскости у себи. У мислима је поново видео њен презриви осмех, којим га је спуштала тамо где припада. На само дно.

Куцање на врата канцеларије спасло га је Јеличиног презривог осмеха, али ту није био крај његовим болним сећањима. У канцеларију је ушао човек којем се најмање надао. Отворивши врата канцеларије, Мијајло Губеринић је пробудио давно успавану четничку прошлост Љубодрага Танкосића.

— Добар дан — Мијајло је ушао у канцеларију без имало страха, као да је сав страх истрошио за време рата, кријући се у земуници испод своје куће. Сада је дошло време да се сведу рачуни, а за то му страх није био потребан. Требало му је много храбрости да Љубодрага Танкосића погледа у очи.

— Види, види, откуд ти, Губеринићу? — Љубодраг се сетио презимена које је ретко изговарао.

— Ја дошао, Танкосићу.

— Видим да си дошао, којим добром, Губеринићу?

— Да је добро, није, па сам мислио...

— Шта си мислио?

— Мислио сам... ти можеш да ми помогнеш.

— Да ти помогнем? Како да ти помогнем кад не знам о чему се ради, Губеринићу. Причај!

— Танкосићу, ти се добро сећаш долазака у моју кућу. Било је ратно време, а ту закона нема. Радио си шта си хтео.

— О чему ти то!? — нарогушио се Танкосић, није му било мило подсећање на зло време, које је закопао дубоко, дубоко у свом сећању.

— Говорим о семену које си посејао у мојој жени, о детету које си оставио под мојим кровом — застао је, али је, видевши промене на лицу Љубодрага Танкосића, пожурио да настави:

— Не, не дао бог, ја нисам дошао да се обрачунавам, да претим. Теби!? Где ја то могу! У ствари, ја сам ти захвалан! Моја кућа је изгубила част, али је добила живот! А то ми је важније од образа. Ја сам дошао да те молим да помогнеш мом, и твом детету — Мијајло је одлучно гледао у Љубодрага, знао је да је ово последња нада за Миланово здравље.

— Говори већ једном — Љубодраг је био нестрпљив, па је Мијајло испричао да је дете у болници, и да му нема спаса ако му неко од Љубодрагове деце, браће по оцу, не донира коштану срж. Љубодраг је немо слушао Мијајла. Чело му се испунило борама, али не због Милана, већ због себе, због свог брака.

— Губеринићу, па ти тражиш од мене да признам то дете, да уништим свој брак, породицу! Знаш ли ти шта тражиш од мене? — широм отворених очију, Љубодраг Танкосић је гледао у уздрхталог Мијајла.

— Ја тражим од тебе само једно. Да будеш човек, само то! Зар је то толико тешко, Танкосићу. Запитај се где ће ти душа, ако је уопште имаш — Мијајло је био на ивици суза, мушких, родитељских суза, које су памтиле све.

— Закаснио си, Губеринићу — рекао је тихо Љубодраг, окренуо је главу према прозору и самом себи признао:

— Ја одавно нисам човек. И да хоћу, то више не могу да будем. Никада, па ни за спас тог детета — када је завршио болно истиниту реченицу, окренуо се, погледао Мијајла у очи и рекао:

— Ти то добро знаш — Љубодрагове речи су угасиле сваку наду у Мијајловом погледу. Као пијан је изашао из канцеларије Љубодрага Танкосића и кренуо где га ноге носе. Није имао с ким да подели бол, разочарање, неверицу. Јагодинки није смео на очи, није смео да јој каже где је био и кога је молио за помоћ. Од овога ниже није могао да падне. За Миланово здравље, Мијајло је урадио и то. Погледавши кроз сузе у небо изнад њега, схватио је да је немоћан. И да живот да, и да га сачува! Остало му је само да се моли Богу.

***

Отворио је очи одморнији него обично. Није се сећао сна, или је добио *помиловање* од своје савести, па је престала да га гризе бар једну ноћ. Успрaвио се у кревету и радознало бацио поглед по унутрашњости своје брвнаре. Ништа ново није видео, а чинило му се да се преко ноћи нешто променило. Или је, после разговора с Радованом, почео да гледа на свој живот другим очима. Скинувши Радована са шљиве, постао је одговоран за њега, а јуче му је вратио и вољу за животом. Признајући своју грешност, спасао је два живота, свој и Радованов. Сада обојица морају напред, кроз живот, свесни своје грешности и поносни на своју вољу за променом. Знао је да сваки злочин тражи одговарајућу казну, али је код њега било обратно. Код њега је казна тражила и добила злочин. Из размишљања га је тргао сетни звук фруле који годинама није чуо. Ношен јутарњим, врлудавим ветром, звук фруле је прошетао кроз брвнару, изашао кроз отворен прозор и нестао у шуми, као да је журио да се врати свом тајном извору. Препознавши мелодију, сетио се својих дечачких снова. То су му била једина сећања на оца, на његову фрулу и мелодију која га је сада подсетила на детињство. Обукао се и изашао у сусрет новом дану, удахнуо је свеж јутарњи ваздух и погледом потражио вучицине трагове. Синоћ је била ту. Док се сетно смешио, ветар му је поново донео исту мелодију. Опет је затреперило лишће на гранама, правећи простор промуклом звуку фруле. Ништа више није могло да га заустави, Вукоје је пребацио пушку преко рамена и препустио се познатом звуку. Пратећи познату мелодију, Вукоје се полако кретао кроз шуму, био је роб промуклог звука, који се играо с њим. Појачавао се и нестајао између тек олисталих букових грана и старих високих црних борова, терајући Вукоја да застаје, ослушкује, и поново се препусти препознатљивом звуку, који би се изненада вратио и шчепао га за срце.

Пробијајући се кроз шуму, заборавио је све, сав бол и неправде које су му људи наносили у животу. Окружен шумским зеленилом и промуклим звуком фруле, Вукоје је поново био дете. После дуго времена опет је чуо фрулу свог оца. Полако је склонио рукама младе, зелене, тек олистале гране испред свог погледа и угледао главатог кепеца у чудном зеленом оделу и са необичном, зеленом капом на глави. Наслоњен телом и једном ногом на велико стабло разгранате букве, главати кепец је у заносу свирао фрулу. Враћајући из прошлости сетну мелодију, коју је Станоје Курјаковић свирао последњи пут у животу, дирао је дечју душу његовог сина. Слике дечјих снова преплавиле су Вукоја. Отац му ни у сновима никада није рекао ни реч. Само би гледао у даљину, ка острву Видо, где су заспале душе његових сабораца. Његовог глас је остао вечита тајна. Ту речи нису имале шта да траже. Тужним, промуклим звуком врбове фруле, Станоје Курјаковић је испраћао своје саборце на починак, на плави вечни сан. *Завичају, мили крају*, била је јецај и успаванка, нераскидива нит између Србије и њених војника, који су заувек заспали међу шкољкама, на дну модрог Јонског мора. Вукоје је мислио да сања, звук фруле његовог оца слушао је само у сну.

— Вукоје! — главати кепец, великог црвеног носа и разнобојних очију, као да је очекивао баш Вукоја. На несразмерно великој глави кепец је носио зелену шиљату капу, украшену шареним фазановим пером, а испод капе се назирало крзно и једно длакаво вучје уво. Гледајући у познат супериорни осмех, Вукоје је брзо размишљао. Када је видео похабане, црне бисаге о рамену кепеца, наслутио је.

— Лучоноша? — упитно је погледао у кепеца.

— Питаш се одакле ми фрула твог оца. Већ сам ти рекао, ја сам трговац, поштено сам је платио. Ако хоћеш да тргујемо, ето мене!

— Чиме си је платио, Станоје никада не би продао ту фрулу. С њом је растао, момковао, отишô у рат. То није фрула, већ његова тужна душа.

— У праву си. Дуго није хтео да ми је прода, али када је дошао његов ред, погодили смо се. Ја њему седам година живота, а он мени фрулу, своју тужну душу. У тих седам година живота рођен си ти, Вукоје! Дао ми је фрулу за твој живот. Али, сада је друго време, хоћу да тргујем с тобом.

— Да би ти нешто купио, ја треба нешто да ти продам?

— Ако не тргујем, пропао ми је дан. За твој највећи грех, даћу ти чудесан сан, у којем ћеш наћи и изгубити то што тражиш. Размисли добро, ја знам твој највећи грех, али желим од тебе да га признаш. И поред љубави коју носиш у души, она је заражена мојим гресима. Признај да си грешан, прегрешан, Вукоје! Признај гледајући ме у очи и Јелица ће ти доћи у сан — Вукоје је дуго гледао у лучоношу, питајући се шта добија, а шта губи признањем грешности која живи у његовим сновима. Није имао шта да изгуби, избегао је лучоношин зверињи поглед и рекао:

— Јелица је мој највећи грех. Нисам је заштитио од звери у људском облику. Ја сам се вратио са Голог отока, а ње више нема. Ја сам преживео свој затвор, а она није преживела своју слободу. Ја сам крив, моја дужност је била да је чувам од зла.

— Човек који не може да заштити себе, не може да заштити ни друге! Некада само љубав није довољна. То ти не признајем у грех. Можеш ти боље, Вукоје — погледао га је зверињим погледом, у којем се видело да пред њим нема тајни. Вукоје је дубоко уздахнуо и речима *поцепао* своју душу. Први пут је осетио колико изговорене речи могу да заболе.

— На Голом отоку сам убио човека... — застао је скупљајући снагу да победи бол којим се хранио лучоноша.

— После проласка нових кажњеника кроз шпалир, оне који су на крвавом камењу остали да леже без свести, бацали смо у море да сперу крв и смрад са себе. Једног кажњеника сам одвукао до обале и бацио га у море, тако да му је крвава глава остала у води. У својој крви, и горко сланој води, онесвешћен кажњеник се давио пред мојим очима, а ја му нисам помогао. Гледао сам како се мучи и желео му смрт. Желео сам да се смрћу спаси даље тортуре. Док се он ослобађао својих мука, ја сам кроз сузе гледао у уморну, сиву пучину, која је гасила сваку наду да ћу се жив вратити са Голог отока. И нисам преживео — застао је, удахнуо је дубоко осећај кривице и наставио:

— Он је прошао боље од мене. Мртви су се спасили, а живи још робијају! Нико није отишао са Голог отока. Још увек осећам лепљиву, згрушану крв на сланом лицу, осећам оштро камење под босим стопалима и ударце кундака и чизама у изубијано издајничко тело. Ја сам још увек на Голом отоку.

— Настави, Вукоје, није грех признати грех.

— Могао бих да ти о својим гресима причам данима, али чему? Суштина је да сам невин отишао на Голи оток, а вратио се крив! Можда и кривљи од оних који су ме тамо послали! Овај *хумани* систем провоцира зло у људима. Стражари су нас терали да се међусобно оптужујемо, пребијамо, убијамо, потказујемо, да више нико од нас не може да каже да није крив. Нема невиних на Голом отоку! Наша невиност је нестајала у батинашком шпалиру, којим смо дочекивали нове кажњенике.

— Вукоје, мој највећи успех је када човека претворим у звер. Свако зло потиче од мене. Ја никад не спавам да бих смислио како да наудим човеку! Што вам Бог више прашта, ја вас све више срозавам у грех. Без љубави, човек постаје звер! Кад *сахраниш* последње трагове љубави у себи, онда си мој, Вукоје! Иди сада у своју брвнару и надај се сну. Признањем греха, платио си сан који те чека у ноћи пуног месеца. Под сјајем пуног месеца откриће се њена душа, откриће се све што је скривено. Само тада је могуће и оно што није могуће, само тада нестаје граница између људи и животиња, између јаве и сна, између живота и смрти.

Курвање

Крцун је бесно бацио данашње новине на сто и гласно опсовао: — Курвање ће нам доћи главе! — насловну страну данашње *Политике* красио је лик Петра Стамболића, народног хероја и угледног члана СКЈ, који је изненада склизнуо са места председника Владе Народне Републике Србије на нешто мање важно место председника Народне скупштине Републике Србије.

За многе, поготово за обичан народ, којем су све функције биле исте, ова промена није показивала раздор међу комунистима. За оне друге, који су учествовали у тој смени, и који су добро знали њен разлог, ово је био почетак краја једне дуге политичке каријере.

На шестом конгресу СКЈ, Петар Стамболић је означен као највећи швалер међу комунистима. Конгрес се претворио у комунистичко вашариште, у којем је неморал испливао на површину, али је већина изненађених делегата мудро ћутала, плашећи се да јавно изнесе свој став.

Али, оно о чему се до тада само шушкало, сада је гласно речено са конгресне говорнице. Један од делегата је био и преварени муж, Љубодраг Ђурић, који је, оптужујући своје партијске колеге за лицемерје и неморал, са говорнице показао прстом на Петра Стамболића, и гласно и јасно рекао:

— Пре само десетак година сваки комуниста би за ово био стрељан! Шта се променило, другови? Некада смо стрељали гладне другове због шаке шљива, а данас водећи комунисти шире неморал дрпајући жене партијских колега. То је лицемерно, деградирајуће за Народноослободилачку борбу, у којој су људи гинули верујући нам. Да ли мислите да нам данас верују? — не очекујући одговор, Љубодраг Ђурић је сишао са говорнице. Био је поражен, и као човек и као комуниста. Знао је да је ово крај његове политичке каријере, али је био задовољан што ће још некога повући са собом.

Тајна више није била тајна, новине су почеле да износе комунистички *прљав веш*. Додуше, много блаже, али је Петар Стамболић полако губио ослонац међу партијским друговима. Али, Крцуна је нервирало још нешто. Министар унутрашњих послова ФНРЈ, Александар Лека Ранковић, формирао је комисију за испитивање случаја Стамболић, у којој је, поред Александра Ранковића и Цане Бабовић, био и Слободан Пенезић Крцун, који није имао намеру да учествује у игри скривалице политичких кадрова.

Новонастала ситуација је била понижавајућа за друга Крцуна. Уместо да се баве државним проблемима, којих је било превише, комисија је имала задатак да провери да ли је друг Стамболић шврљао, и са којом је, наводно, шврљао. Крцун је претпостављао да ће комисија бити само фарса која ће због јавности негирати оптужбе. Сви су добро знали да су многи политичари користили свој положај за угодан живот и разуздан провод, који је подразумевао лепе и младе жене. Наравно — туђе! Томе се морало стати на пут, али је знао да многи српски комунисти не желе да сачувају од суда јавности само Петра Стамболића, већ и себе.

Било му је јасно да неће само Петар Стамболић изгубити свој угодан положај. Многи градски и општински политичари су организовали пословне ручкове, који су се претварали у пијанке, седељке и *лежаљке*. Оне који су га радо дочекивали и гостили у друштву лепих младих жена, Стамболић ће сада повући са собом. Крцун је замишљено гледао у списак политичара који ће склизнути са положаја. Један од њих је био из његовог краја, чак је имао исто презиме као он.

***

Теофил је замишљено испијао хладно пиво, али није уживао у томе. Стежући зубе, размишљао је како да се реши шумара који му је постао ноћна мора. Уништио му је све што га је одржавало у животу, али је шумар поново ту. Слабији, а опет јачи него икада, без страха за свој живот. Вукоје Курјаковић више није имао шта да изгуби. Теофил је знао да на Љубодрага више не може да рачуна. И поред сталног уцењивања, полако му је клизио из шака у којима га је држао од Јеличине смрти. Чинило му се да се све што је замислио сада полако компликује. Све што му је изгледало лако изводљиво, сада је постало веома ризично. Није више смео да чека, његова глава је била у питању.

— Добро вече! — његову заокупљеност проблемима прекинуо је карактеристичан глас непознатог човека, који је, без позива, сео за његов сто. Теофил је био изненађен мада му је глас елегантног човека у црном оделу био однекуд познат, баш као и поглед којим га је странац гледао у очи.

— Седите, кад сте већ сели — безвољно је рекао Теофил, очекујући да чује разлоге који су чудног странца довели за његов сто. Добро је знао да овде нико не долази случајно, овде се путеви не укрштају, већ завршавају. Овде путници стижу уморним корацима, али увек с тајном у себи. Овде је крај свих крајева и почетак свих невоља. Овде је све на продају, чак и људска душа. Чајетина је ђавоља варош!

— Ја сам дошао по договору, Теофиле! — заискриле су очи маркантног господина белог лица и фазониране црне браде, која је давала важан изглед господину са црним цилиндром на глави. Пошто је својим држањем везао Теофилове речи у чвор, необично елегантни господин је наставио да износи разлог свог доласка.

— Прошло је тридесет пет година — из унутрашњег џепа елегантног црног сакоа, који је више подсећао на фрак диригента филхармоније, маркантни господин је извадио папир који је предуго чекао на светлост дана. Гледајући Теофила различитим очима, господин је без речи спустио на кафански сто уговор који је склопљен 1. априла 1918. године. После тридесет пет дугих година, Теофил је поново видео крвави отисак свог палца, и потпис од којег се следио. Мада је знао с ким је склопи посао, потпис испод уговора је деловао застрашујуће и отрежњавајуће. Али тада, док је последњом снагом гледао како смрт односи његове саборце, једино му је било важно да преживи, да га шалупа не однесе у модроплаве дубине Јонског мора. Гледајући смрти у очи, Теофил је склопио уговор са ђаволом.

— Ниси ме ваљда заборавио? — упитним, зверињим погледом елегантан господин је гледао у Теофила.

— Ма не, не, само те нисам очекивао овде, у кафани. Хоћеш ли да попијеш нешто? — питао га је као старог друга.

— Може, дај и мени пиво — Теофил је подигао руку и позвао келнера који се брзо створио код стола. Теофил не воли да чека...

— Пиво за господина!

— За кога? — келнеру ништа није било јасно. Погледао је у флашу пива на столу и скоро пуну чашу испред Теофила, па је и даље збуњено стајао чекајући објашњење.

— Па... за господина — Теофил је руком показао на елегантног господина који се чудно смешио.

— Теофиле, немој да ме зајебаваш! Немој да ме шеташ без потребе, ако хоћеш још једно пиво, донећу! — праћен Теофиловим забезекнутим погледом, келнер је подигао рамена до ушију и нервозно отишао до шанка. Када је Теофил поново погледао у господина за столом, он му је са осмехом рекао:

— Ниси ваљда мислио да ме он види? Теофиле, мене виде само изабрани. Ја бирам коме ћу да се представим, с ким ћу да тргујем. Ти си моја муштерија. Него, да пређемо на посао. Дао сам ти тридесет пет година живота и сада сам дошао да то наплатим. Све има своју цену, па и грешна душа коју сам ти дао. Тридесет пет година живиш на кредит. Док сам ти ја склањао препреке с пута, чувао те од земаљских закона, ти си лако стварао богатство, углед, породицу. По овом уговору, половина свега тога је моје, Теофиле. Прочитај — окренуо је уговор према Теофилу и чекао. Када је Теофил поново подигао главу, елегантни господин достојанственог држања је наставио:

— Ја сам *баштован*, сејем грех у људске душе. Моје семе се лако прима, расте и доноси најлепши плод. Смрт, Теофиле, смрт! Узећу ти оно шта највише волиш: богатство, које си стекао захваљујући мени, породицу, или живот. Ја дајем да бих узимао и тргујем да бих зарадио. Ја сам онај који отима, Теофиле. Зато и ти отимаш. Време је да платиш душу коју сам ти дао на острву Видо. Бирај, дајем ти могућност да бираш. Видиш ли колико сам великодушан? — застао је господин у црном, погледао у бледо Теофилово лице, па наставио:

— Или, можда желиш нови уговор? Извадио је из џепа шпил карата, три коцкице за барбут и ставио их на сто.

— Ако желиш да се коцкаш, можеш да поништиш овај уговор, или да изгубиш све! И богатство и породицу и душу коју сам ти дао. Улог је твој живот! Размисли, Теофиле, добро размисли! Када се поново будемо видели, мораћеш да се одлучиш — господин лепих манира и непристојних, ђавољих понуда је устао од стола на којем су остале три црне коцкице за барбут, окренуте на шестице, и шпил карата из којег је вирио џокер. Оставивши на столу број звери, господин у црном елегантном оделу је изашао из *Ерине кафане* као што је у њу и ушао. Неочекивано и неприметно...

***

Када ти се душа распе од бола, када ти страх прободе срце и увуче се у кости, када осетиш немоћ пред детињим погледом, остаје ти само влажан поглед у небо, и молитва.

Лелек звона са чајетинске цркве окренуо је његове изгубљене кораке, који су га, тражећи последње зрно наде, довели до широм отворених врата. Мијајло је стегнутог срца и погнуте главе ушао у цркву. Када се прекрстио и пољубио икону Богородице, затворио је очи, потонуо у тишину, и тек тада је потекла молитва са његових усана. Молитва га је храбрила, ширила му срце, будила му наду и успављивала страх.

Док је изговарао речи молитве, осећао је да није сам, да му срце испуњава мир. Под сводом цркве осетио је оно што одавно није. Отворио је очи и видео оца Теодосија, који се молио с њим. Видевши уплашено *јагње*, отац Теодосије је знао да му је потребан *добри пастир*.

— Помоз бог, Мијајло! — са небеском смиреношћу, рекао је отац Теодосије и благо погледао Мијајла у очи.

— Бог ти помогô, оче! — изгубљено је гледао у оца Теодосија. Док су му сузе мутиле поглед, питао се где почиње, а где се завршава вера у Бога. Где се рађа, а где умире нада? У срцу, у души, или у цркви? Да ли се нада рађа молитвом под сводом цркве, а умире истог трена када се из цркве изађе? Питао се да ли његове сузе могу бит лек, или само доказ да се отац постаје љубављу према детету. Семе је туђе, али је дете његово, све док му срце прожима љубав која је зрачила из невиног дечјег погледа.

— У великој невољи, велике су и победе. Бог нас је свему научио, само треба пратити његове речи — благо је рекао отац Теодосије.

— Не разумем, оче.

— Тражи и наћи ћеш, куцај и отвориће се... — *добри пастир* је храбрио Мијајла, тражио је речи које ће му пробудити веру...

— Зар мислиш, оче, да нисам тражио, да нисам куцао? Узалуд! Ништа! Обијао сам прагове људи, а излазио из кућа нељуди, оче. Некада се помоћ подразумевала, није ни требала да се тражи, а данас... — застао је Мијајло и, кроз велики бол у очима, погледао у оца Теодосија.

— Дете ми је болесно, нема му лека.

— За сваку болест, па и за ону најтежу има лека, Мијајло! — сигуран поглед је пратио речи оца Теодосија, знао је шта сада треба Мијајлу. Праве речи су сада биле лек за душу.

— Лекари су ми рекли... — једва је изустио Мијајло.

— То само значи да му лекари не могу помоћи. Ако су они дигли руке од тебе, дигни ти руке од њих. У природи постоји лек за сваку болест. Пронађи монаха Саватија, лековитим травама са златиборских падина он годинама лечи неизлечиво, а никада никоме није рекао да је то његово дело. Све је створио Бог, па и траве којима монах Саватије лечи. Он је вук самотњак. У планину Мијајло, док није касно. За сваку болест постоји лековита трава, а за сваку траву постоји време брања, пут под ноге, Мијајло!

Праћен благим осмехом оца Теодосија, Мијајло је изашао из цркве. Није знао ко му је пробудио наду, отац Теодосије, или Бог, али је знао да је сада сваки тренутак драгоцен, да више нема времена за губљење.

***

Навикао је да га *сврби* душа, али синоћ није ока склопио од чудног сераба по телу. Целе ноћи је нешто гмизало по њему, па је Вукоје будан дочекао јутро. Стао је поред прозора и погледао у црвене тачке на кожи, протрљао је груди длановима и навукао мајицу на изгребано тело. Знао је шта му треба. На брзину је појео мало сира и хлеба, попио је гутљај воде и, пребацивши пушку преко рамена, отворио врата своје брвнаре. Био је изненађен. Поред врата, на дрвеном прагу брвнаре, лежала је вучица. Када га је угледала, брзо се усправила, омотала му се око ногу и подигла њушку према њему, као да му се извињава што га је напустила. Свако има право на покајање, Вукоје је спустио руку на њену главу, помазио је и погледао у очи. Схватио је да му је недостајала, и да су животиње вернији од људи.

Као и обично, кренули су у шуму. Док се Вукоје кретао невидљивим стазама, вучица се кретала око њега. Час је била испред, час иза њега. Понекад би застала, укочила би се и погледала кроз густо грање. Подигавши њушку, исправила би шиљате уши и ослушкивала шуму. Као верна сенка, вучица је пратила Вукојеве одлучне кораке према селу Рожанство. У близини села налазили су се извори минералне воде, које су Златиборци користили за лечење кожних болести. Док је био дете, мајка га је често доводила на ове лековите изворе, па никада није имао проблема са кожним болестима. Црвене тачке по телу и несносни свраб, који је гмизао по његовој кожи, подсетили су га да је време да се окупа лековитом водом. Пред њим су се смењивале мешовите шуме и пашњаци. Заобилазећи брегове, уживао је у зеленим ливадама, па се опет враћао шуми која га је опијала освежавајућим мирисом борова. Пратећи ток реке, уживао је у погледу на старе, оронуле воденице, које су се стопиле с реком и врбовим зеленилом око ње. Само га је споро, једва чујно, равномерно окретање воденичних точкова подсећало да је овде човек умешао своје прсте. Док је био дете, воденице су биле инспирација оностраног, веровања у мистерије које су се одомаћиле у српском народу. Сада се са осмехом сећао страшних прича о повампиреном воденичару, које је у детињству слушао широм отворених очију.

Када је стигао до извора, затворио је очи, па поново погледао зеленило које је окруживало природно језеро са минералном водом. Знао је да је вода лековита, али га је лечила и нетакнута природа. Одузимала му је дах. Мада вода није била топла, Вукоје је остао неколико минута у њој. Заронивши у воду, уживао је у тренуцима које је годинама сањао на Голом отоку. Овде је природа била невина, дивља, богомдана. Ово су били тренуци који не могу да се купе. Док је уживао у лековитој води, вучица је дуго кружила око језера. Охрабрена Вукојевим позивом, ушла је у воду, али је брзо изашла тресући сваку кап са себе. Убрзо је и Вукоје изашао из воде, уживајући погледом у прелепом зеленилу које је окруживало језеро.

Још су били мокри када су наставили свој пут, али Вукоје није желео да пропусти јединствену прилику, да посети и Стопића пећину, која се налазила надомак села Рожество. После дуго времена, пред Вукојем су се поново рађали заборављени predeli. Кривудајући немирно кроз густо, дивље зеленило и порозне стене, Трнавски бистар поток се играо са Вукојевим одушевљеним погледом. Као што се изненада појављивао, врлудави поток је тако и нестајао, понирао кроз кречњачке стене, да би се поново родио у Стопића пећини. Овде се вода играла са природом, стварала шупљине у стенама и појављивала се тек када би наишла на већи отпор кречњачког камена. Вукоје је застао пред улазом у пећину, чинило му се да је улаз већи него што је био. Разјапљеним, каменим устима, сива кречњачка стена је постепено гутала слабашну дневну светлост, која је нестајала њиховим дубљим уласком у пећину. Док је чекао да му се очи привикну на мрак, осетио је њену близину. Чекала је његове кораке. Када је погледао према њој, видео је очи боје меда у мраку и осетио њену влажну њушку. Привикавши се на мрак, наставио је да прати звук воде. Осетио је јако струјање ваздуха, чуо је одјеке својих корака и лепет крила слепих мишева у тананом мраку. Осећао се као непожељан гост, који је нарушио правила ове пећине. Подигао је поглед и видео слабе трагове светлости, који су се једва пробијали кроз пукотине у стени, високо изнад њих. Били су довољни да му открију лепоту сталактита који су висили са прелепог свода пећине. Када је поново спустио задовољан поглед, угледао је величанствен призор. Као саће, са великог каменог зида низала су се природна удубљења у камену, из којих се, правећи прелепе каскаде, бистра вода преливала у Трнавски поток. Настављајући ток каменим коритом, поток је завршавао свој пут високим водопадом, чији се хук губио у дубини мрачне, мистериозне пећине. Врлудајући кроз кречњачке стене Стопића пећине, Трнавски поток је журио у загрљај Приштавици, у коју се уливао.

Уживајући у природним лепотама пећине, Вукоје није осетио да је време за повратак. Захватио је шакама воду из потока, умио је лице и, затворивши очи, угасио жеђ. Док су му свеже капи клизиле низ грло, окренуо се око себе. Још једном је погледао у прелепу слику водопада који се разбијао о углачане кречњачке стене, и полако кренуо ка излазу из пећине.

Док су се Вукоје и вучица кретали шумским стазама према брвнари, звер шиљатих ушију и сиво-белог крзна ишла је за њима на сигурној раздаљини. Скривена шумским зеленилом, пратила је сваки покрет и ослушкивала сваки шум. У њеном зверињем погледу није било страха. Звер је била на своме.

Сунце се једва пробијало кроз гране када су стигли до шумарске брвнаре. Вукоје је био уморан, стомак му је био празан, али му је душа била пуна. Осећао се као препорођен. Овај дан је био нешто посебно. Уживајући у природи, Вукоје је заборавио бол који се поново пробудио доласком у брвнару. Јелица му је поново била у мислима, осетио је њено присуство у брвнари, осетио је њен поглед између обрва и чуо њен раздраган смех. Брвнара је била пуна успомена, лепих и болних. Бежећи од успомена, спас је потражио у сну.

Када је затворио очи, осетио је укус морске соли на испуцалим уснама, чуо је једноличии шум таласа и крике људи и галебова изнад голог, каменог острва.

***

Најлепши тренуци детињства увек су повезивани са зимом и снегом, поготово овде, на Златибору, који је својом лепотом украшавао тренутке дечјег одрастања, али и чувао трагове који су заувек остали у снегом завејаном сећању. Свако детињство је било лепше после санкања, скијања и грудвања. Снежне пахуље су златиборској деци биле дар са неба. Промрзле руке и ноге нису биле довољан разлог да се одустане од уживања у дубоком снегу, који је тврдоглаво одбијао да се отопи све до краја априла. Љубодраг Танкосић је обожавао зиму све до оног крвавог децембарског дана, који му се заувек уселио у сећање. Крајем децембра 1944. године, Љубодраг Танкосић је изашао из земунице као четник, а вратио се без кокарде на шајкачи. Без имало гриже савести, Љубодраг је дао знак својим бившим друговима да му отворе земуницу. Када су четници схватили да их је Љубодраг издао, нису имали куд. Избацивши оружје кроз отвор земунице, излазили су један по један, презриво гледајући у Љубодрага и петокраку на његовој шајкачи. Да се убијало презривим погледом, тај тренутак Љубодраг не би преживео. Из земунице је последњи изашао вођа ове групе, Драгутин Зеленовић. Официр Војске Краљевине Југославије поносно је гледао у партизане с пушкама у рукама, који су на главама имали титовке са црвеним петокракама. Није га било страх. За њега је дата реч била важнија од живота. Драгутин Зеленовић се заклео краљу и то није имао намеру да мења, ни по цену свог живота. Људи од речи умиру од метка, а не од срамоте! Када су их партизани потпуно разоружали и жицом им везали руке, зачуо се рафал који се дуго није прекидао. Овог зимског дана партизани нису штедели муницију. Док су уплашене птице гракћући летеле небом, у дубоком снегу, на ивици густе храстове шуме, пред партизанском групом поносно је стајао само официр Драгутин Зеленовић. Његови саборци су лежали мртви у крвавом снегу.

— Докажи да си наш! — партизан је гурнуо пушку у руке Љубодрагу Танкосићу, који је безуспешно избегавао презриви поглед Драгутина Зеленовића.

— Пуцај, бре, убиј то ђубре издајничко! — наредио је партизански водник.

— Пуцај, јуначе, пуцај! — без имало страха је поновио Драгутин, презриво гледајући у свог крвника, који је несигурно подизао пушку. Бежећи од презривог погледа, Љубодраг је направио неколико корака у снегу и дошао Драгутину иза леђа. Није смео више да чека. Опаливши једном, брзо је репетирао пушку и пуцао још једном док је Драгутин Зеленовић био на коленима. Када је Драгутин пао у снег, Љубодраг је дубоко удахнуо оштар зимски ваздух. Обрисао је рукавом знојаво чело и пребацио пушку преко рамена. Био је задовољан, више није било сведока његове четничке прошлости. Остале су само стопе војничких чизама у крвавом снегу. Поправивши шајкачу на глави, погледао је у очи задовољног партизанског водника. Између њих више није било разлике, обојица су имали крваве руке, крваву савест и капе са крвавим петокракама. Љубодраг није знао да златиборски снег у његовом сећању више никада неће бити бео, да ће га Драгутинове стопе у крвавом снегу пратити до краја живота.

* * *

Само је живот тежи од смрти! Ма колико смрт била сурова, и ма колико се људи ње плашили, она не боли. Боли грех. Он оставља траг, наставља да живи и после нас. Бол умире с телом које га је трпело годинама, као да су осуђени да живе и умру заједно. Све док осећамо бол, живи смо. Живи смо онако како ми замишљамо живот. Јести, пити, спавати, грешити. О како је људски бити грешан. Све што је људско, није ми страно, кисело се насмешио својим мислима и одлучно кренуо да се избори за свој живот, за жену која му се, као и грех и бол, заувек увукла под кожу.

Радован Чемеркић није имао куд. Назад није могао, тамо га је чекало оно од чега је упорно бежао. Своју будућност је видео само поред жене коју неизмерно воли, која му је у лице сасула највеће увреде и највећу истину. Разговарајући са својом савешћу, стигао је до Марине куће. Као и већина кућа у златиборском крају, стара брвнара је направљена још пре балканских ратова, када су домаћини још били живи и здрави. Сада је вапила за мушком руком. Породица Поповић је некада била пример како се слогом и љубављу побеђују невоље, све док их није стигла она највећа. Како би вихор рата посетио Чајетину, тако је породица Поповић остајала без једне мушке главе. Први балкански рат није преживео деда Јоксим, а отац Андрија се вратио са острва Видо у завојима, са ранама које никада нису зарасле. Марина браћа су погинула у последњем рату, ратујћи на супротстављеним странама. Богосав је погинуо са кокардом, а Благоје са петокраком на капи, што је било довољно да нова власт дозволи Мари да буде учитељица у чајетинској школи. Смењивале су се невоље остављајући породицу Поповић без мушкараца, па данас у кући живе само Мара и њена мајка Илинка, која је, у трострукој црнини, стрпљиво чекала свој ред. Њена душа је одавно била поред Андрије, само се тело још увек борило са тугом која није силазила са њеног лица ни када спава. Бол за мужем и синовима, урезао се у њено уморно лице за сва времена.

Отворивши стару дрвену капију, шкрипом је ранио јутарњу тишину и несигурним кораком ушао у двориште. Све му је било познато, а опет му је све било другачије, као да је кућа оронула од туге њених укућана, распадала се од Марииних суза, које је у мислима видео на њеном лицу. Да ли је то једино шта их спаја, питао се Радован Чемеркић док је ишао према живом споменику. Врлудајући између два света, на дрвеном троношцу испред куће седела је мајка Илинка. Мисли су је водиле кроз *онај* свет, па није приметила Радована. Мрмљајући себи у браду, Илинка је разговарала са својим мртвима.

— Добро јутро, мајко! — Илинка није реаговала на глас Радована Чемеркића, па је он тихо покуцао на врата и нестрпљиво чекао. Осећао је да га подилазе жмарци, зној му се сливао низ чело док је ослушкивао тишину у кући. Како нико није отварао врата, Радован је старом, каменом стазом отишао иза куће и угледао Мару како шири веш. Од разгранате џанарике на крају баште, па до багремовог стуба, који је пре четири године Радован побоо у земљу, била је затегнута жица за веш. На средини је била дугачка притка са рачвастим крајем, која је подупирала жицу савијену од тежине влажног веша. Окренута Радовану леђима, Мара је из металног лавора са дрвене столице замишљено узимала веш и качила га штипаљкама за жицу. И она је била у свом свету, свако јутро јој је доносило иста питања, исте дилеме. Само су је одговори избегавали. Није се надала да ће овог јутра чути његов глас.

— Маро — застао је очекујући да се окрене, али је она, његовим гласом заустављена у покрету, чврсто држала бели пешкир у руци. Пришао је довољно близу да осети њен бол, и схватио. Питајући се колико је он крив за њене сузе, Радован је загрлио Мару. Речи су сада биле сувишне, све му је било јасно. Када су ушли у кућу, Радован је смогао снаге да каже зашто је дошао, још једном је погледао Мару у очи и рекао:

— Ја сам одлучио — застао је, прогутао пљувачку која га је давила и наставио:

— Или ћемо се узети, или ја идем из Чајетине. Не могу више овако, ово је мало место, све ме подсећа на тебе. Можда ће ми бити лакше када одем — када је избацио из себе све што га је мучило, ћутке је погледао у лице умивено јутарњим сузама. Болна тишина је шетала између њих све док није зашкрипала столица на којој је седео Радован. Као да је то Мару вратило из неког другог света, погледала је у његово бледо лице и распуклим гласом рекла:

— Знаш ли шта нас чека? Речи које смо изговорили и прећутали, само чекају да нас опет посвађају. Да нам живот загорчају! Имаш ли снаге да заборавиш, да опростиш? Себи и другима. Имаш ли, Радоване? — Марин поглед се поново пунио сузама, болна питања су тражила одговор који је само наслућивала у његовим очима. Радовану се стегло грло, глас га је потпуно издао, па је само климао главом на свако њено питање. Издале су га и сузе које је дуго успевао да задржи. Сада су и оне биле јаче од њега. Низ његово лице врлудале су две слане издајице које су Мари откриле све. Пришла му је, привила је његову главу на своје груди и дуго пролазила прстима кроз његову косу. Бришући своје сузе Радовановом косом, Мара је донела најважнију одлуку у свом животу.

***

Никада није волео да дуго чека пред вратима. Не сачекавши да га лепа секретарица најави, ушао је у кабинет министра унутрашњих послова Федеративне Народне Републике Југославије, и развукао осмех.

— Срећан рад! — пружио је чврсту руку Александру Ранковићу, који му је, уместо осмехом, узвратио критиком:

— Касниш, друже Крцуне, другарица Цана је стигла пре петнаест минута. Мора да се зна ред.

— Извини, друже Марко, данас сам имао посла преко главе — после снажног руковања с министром, Крцун се окренуо Цани Бабовић и пружио јој руку.

— Другарице Цано, по теби човек може сат да навије — својим шармом је лако освојио осмех другарице Цане Бабовић и сео на столицу поред ње. Састанак комисије је могао да почне иако је све већ било договорено.

— Другарице Цано, друже Крцуне, ви добро знате разлог формирања ове комисије, хоћу да кажем да ви знате званичан разлог. Прави разлог је, у ствари... — друг Марко је застао као да му је непријатно, погледао је у другарицу Цану, пребацио је поглед на друга Крцуна, па тек онда наставио:

— Ова комисија треба да негира све оптужбе против друга Петра Стамболића — када је завршио реченицу, на лицу другарице Цане појавила се болна гримаса. А ни друг Крцун није прошао боље. Мада је одмах посумњао у разлог формирања ове комисије, чекао је објашњење, радознало гледајући у друга Марка.

— Ми тиме не штитимо друга Петра Стамболића, који, узгред речено, јесте крив, већ бранимо углед државе! Бранимо углед Комунистичке партије!

— Који углед, друже Марко? — Крцун је увек био директан, није имао *длаке на језику*, па је наставио у том тону:

— Углед партије се штити кажњавањем криваца, а не заташкавањем грешака. Откада се то променило? Изгледа да је Љубодраг Ђурић био у праву, друже Марко! — после Крцунове реченице непријатна тишина је испунила кабинет Александра Ранковића, па је другарица Цана Бабовић изненађено пребацивала поглед са друга Крцуна на друга Марка, који се дуго мешкољио у својој столици. Никада пре није био у сличној ситуацији, његове наредбе су се извршавале одмах, без полемике, све до данас.

— Друже Крцуне, ово је тешко време, унутрашњи и спољашњи непријатељи само чекају на наше грешке. Не мислиш ваљда да треба да се хвалимо швалерацијом друга Стамболића. Па, где би нам био крај!? У куплерају, друже Крцуне, у куплерају! — лагано је падао у ватру друг Марко.

— Друже Марко — после подужег ћутања и другарица Цана је решила да изнесе своја сазнања о овом случају.

— Колико ја знам, другарица Дивна Ђурић је трудна. Ми негирамо оптужбе, а доказ нам расте испред носа.

— Немој да бринеш, другарице Цано, то је завршено синоћ... — рекао је друг Марко подигавши руку, па је, као да се правда, наставио:

— Уосталом, друг Петар Стамболић ће бити кажњен, али, по жељи друга Тита, то ће бити политички, постепеним силажењем са важних државних функција, да његова смена не изгледа као организована хајка против српских кадрова.

— Значи, онај који нам је скренуо пажњу на грешке, биће кажњен, а онај који је грешио, биће заштићен!? — Крцун је изговорио суштину свега што је речено у кабинету Александра Ранковића. После његове реченице, завладао је мук, опет је тишина била најгласнија, само се тешко дисање друга Марка чуло у његовом кабинету. Није очекивао овакав расплет догађаја. Само што је пожелео нешто да каже, друг Крцун га је предухитрио:

— Друже Марко, ја имам много важнија посла од швалерисања друга Стамболића, молим те да ме због тога више не зовеш. Земља нам је у великим проблемима, а ми губимо време на курварлук! Сасеци то у корену да нам се народ не би смејао и причао вицеве — Крцун је нагло устао и одлучно погледао у Александра Ранковића. Пребацивши поглед на запањено лице другарице Цане, само је климнуо главом у знак поздрава и одлучно изашао из кабинета.

Саватије

Није осећао умор. Мада је јутрос, од Криве Реке, преко Мачката и Шљивовице, обишао неколико црквава златиборског округа, сада је од Семенгњева одлучно ишао према Доњој Јабланици, где је, по причи ђакона из цркве у Шљивовици, монах Саватије боравио пре неколико дана. Мијајло се надао да ће монаха Саватија затећи у цркви, да неће морати да га тражи по ближњим брежуљцима, који су обиловали лековитим травама. Тек када је угледао цркву брвнару, удахнуо је свеж планински ваздух пуним плућима и задовољно се осмехнуо. Обрисао је знојаво чело и, са великом надом у срцу, пришао *Цркви Покрова Пресвете Богородице*, која је била окружена високим боровима. Црква је била саграђена од брвана, да није било крста изнад ње, нипочему се не би разликовала од обичних сеоских брвнара. Припадала је православним храмовима мањих, правоугаоних димензија, који су настајали још у средњем веку. У то време, цркве брвнаре су често биле рушене, пљачкане и паљене од Турака, али ни данашње време, време атеистичких *свезналица*, није било ништа лакше за Православну цркву и њене вернике. Поред цркве се налазио високи дрвени звоник, који се завршавао православним крстом изнад њега. У црквеном дворишту, које је било ограђено времешним буковим тарабама, налазиле су се и две скромне кућице од брвана, собрашице, које су, баш као и црква, биле покривене шиндром црног бора. У свакој собрашици је био постављен велики дрвени сто, око којег су се налазиле клупе за седење. У собрашицама се боравило када би се долазило на верске обреде, ту су домаћини примали госте из удаљених села, за које би се тада на столу налазило послужење за окрепљење тела и душе. Иза цркве брвнаре, стотинак метара даље, налазило се старо гробље са каменим споменицима, на којима су се још увек назирали трагови српских имена из давних времена.

Мијајло је ушао у празну, слабо осветљену цркву, па му је дуго требало да разазна икону *Исуса Христа*. Када се окренуо, приметио је икону *Светог Василија Острошког са Светим Јованом Крститељем*, на којој је време оставило свој траг, и дуго гледао у њу. Као да га је призвала, поглед му је заробила икона *Пресвете Богородице са Исусом Христом*, и потекла је молитва са Мијајлових усана. Само је Богородица знала какав је бол за дететом и каква је љубав довела Мијајла пред њено лице. Само је она знала колика је била његова нада док јој се молио. Са сузама у очима, Мијајло је изашао из цркве, обишао је црквено двориште и тек тада се упутио у ближу собрашицу. Када је ушао, зашкрипала су врата, дрвени сто је био празан, а дрвене клупе прибијене уз њега. Није било трагова посете монаха Саватија. Изашао је из прве собрашице и упутио се у другу, надајући се да ће тамо наћи било какав траг монаховог присуства. Пришавши полако вратима, осетио је јак мирис лековитог биља и то је пробудило наду у његовом срцу. Широм је отворио врата и удахнуо лековите мирисе пуним плућима. На великом столу је било пуно лековитих трава, убраних рукама монаха Саватија. Осим трава, и мириса који је испуњавао собрашицу, у њој никога више није било. Вероватно је монах Саватије рано јутрос отишао да бере лековито биље, па је Мијајло морао да га сачека, или да га потражи по околним брдима и ливадама. Није имао намеру да чека, изашао је из собрашице и кренуо куд га ноге носе. Сада им је потпуно веровао, довеле су га на право место.

Упорно је обилазио ливаде, брда око цркве и десну обалу Јабланице, али је његов труд донео само немоћ у телу и бол у глави. Његово гладно, исцрпљено тело се предавало пред касним зрацима сунца. Изнурено тело га је издало, Мијајло је изгубио свест. Није дуго лежао без свести усред мирисне ливаде, јер је ливада својим мирисима привукла још некога. Осетио је оштар мирис пелина и отворио очи. Као кроз маглу, видео је изнад себе велики шарени жбун, који је имао браду, руке и ноге. Ставивши му траву оштрог мириса под нос, монах је вратио Мијајла у живот. Када се мало прибрао, и боље погледао у свог спасиоца, схватио је да је пронашао онога кога је тражио. Монах Саватије је умио водом чудног незнанца и прислонио му чутурицу на сува уста. Док је жедно испијао гутљаје воде, Мијајло је гледао у благе очи монаха Саватија, који је, прекривен травама свих боја, личио на шарени покретни жбун. Уз помоћ монаха, Мијајло се придигао и чврсто стао на своје ноге. Снага му се вратила. Тек тада је приметио да монах није био сам. Држећи у руци корпу од плетеног прућа, пуну разнобојног, лековитог биља, дечак плаве косе је радознало гледао у Мијајла. Поглед му је био као Миланов, искрен и плав као мајско небо. Саватије је одмах приметио збуњен Мијајлов поглед, у којем је видео велику људску муку, па је незнанцу представио себе и дечака:

— Ја сам монах Саватије, а ово је мој пријатељ и ученик Сава. А, ко си ти, добри човече? Да се ниси изгубио?

— Ја сам Мијајло Губеринић... са Криве Реке — застао је као да скупља снагу, па је, гледајући монаха у очи, промукло рекао:

— Нисам се изгубио, ја вас тражим. Велика мука ме је натерала, отац Теодосије упутио, а Бог ме довео до вас.

— Ако је тако, да не губимо време — гледајући Мијајла у очи, рекао је монах и пустио корак. Мијајло је монаха пратио журним кораком и одговорима на његова питања. До цркве су разговарали о свему, а највише о Милановој болести. Реч по реч, поверење у монаха је расло. Мијајло је схватио да нема лека без доброг човека. Да само добар човек може да буде и добар лекар, да благ поглед и лепа реч лече душу. А кад се излечи душа, и тело ће се излечити.

Када су ушли у црквено двориште, монах Саватије је, са лековитим травама на себи, ушао у цркву и помолио се Богу. С њим се молио и Мијајло, молитва им није силазила са усана ни када су ушли у собрашицу која је мирисала биљем. Тек када је монах разврстао сваку травку, сео је на клупу поред Мијајла и рекао:

— Има лека, за сваку болест има лека, па и за Миланову. Бог нам је све дао — монах је показао руком на лековито биље на столу, па наставио:

— Али то није довољно! Вера у Бога је вера у излечење! Молитва нека вам је стално на уснама. Молите се Богу, и он ће вам узвратити!

После скромног ручка, монах Саватије је спаковао Мијајлу лек за Милана, који се састојао од пелина, коприве, суручице, разгона, изданака зове, кантариона, ивањског цвећа, невена, маслачка, хајдучке траве, русе, и објаснио му како се прави и како се користи чај од ових лековитих трава. Пољубивши руку монаху Саватију, Мијајло је кренуо назад. Ништа није могло да га задржи, ни то што је полако падао мрак, ни бол у глави, ни умор који је осећао у ногама. Милану је требао лек. Са великом надом у Миланово оздрављење, Мијајло је журио својој кући.

***

Године дођу и прођу, све лепо однесу са собом, а оставе нам болна сећања да нас муче до краја живота. Тако је било и у његовом животу. Све што је било лепо, трајало је кратко и нестало, уништено је од нељуди чији се смрдљиви трагови протежу у његовом сећању до данашњег дана. Сећање на њихова недела, и своју немоћ, болело га је сваког јутра, сваке ноћи, сваког трена умирања испод голооточког модроплавог неба, као што га боли и сада, када се, после четири године систематског поништавања човека у њему, вратио у родну Чајетину. А болеће га и сутра, и сваког новог јутра, до краја живота. Вукоје Курјаковић је рођењем добио живот, а онда су му нељуди отели право које му је дао Бог. Право на живот, на слободу, право да буде човек. Његов живот је био још један доказ да човек лако постаје немилосрдна звер! Завидео је животињама. На својој кожи је осетио да ниједна звер не може да се пореди са човеком. Осећао се сигурнијим у дивљој шуми, међу животињама, него у људском зверињаку. Мучен својим мислима, немоћно је хукнуо, чинило му се да га је болео и ваздух који је избацио из себе. Пребацио је пушку преко рамена и препустио се корацима који су лако проналазили скривене шумске стазе. Почео је да ослушкује свет око себе, газио је по трулом лишћу и гледао какву реакцију изазивају његови лагани кораци. Корацима је будио природу. Чуо је цвркут птица и треперење лишћа, чуо је да и шума дише. Живи. Чуо је и оно што се не чује, и осетио оно чега се дуго лишавао на каменом острву. Осетио је живот око себе, у себи, овде му се вратио осећај да некоме припада, да и њему нешто припада, да је део природе која му је понудила мир. Био је свестан да је на туђој територији, да овде важи закон јачег. Ипак, у шуми је био безбеднији него међу људима.

Уживајући у мирису шуме, наслонио се леђима на дебело стабло букве и затворио очи. Чинило му се да је под крошњом букве на сигурном, да се стопио са нетакнутом природом. Само су га једва чујни звуци повезивали са светом у којем је уживао, који га је смиривао. Тог тренутка је био благи ветар, летео је небом између памучних облака, заборављајући бол који га је упорно пратио кроз живот.

Као да је желео да уништи последње зрно наде у Вукоју, готово нечујан, ритмичан звук се лагано пробијао до његових ушију, које су уживале у лековитим звуцима природе. Препознавши ритам секире, осетио је бол. Боре су се вратиле на његово опуштено лице. Поново се вратио суровом свету, у којем влада човек. Стежући пушку у руци, пробијао се кроз шуму, између четинара, младих букових грана и зимзеленог шибља, које га је шамарало гранама. Застао је ослушкујући звук гладне секире, а онда је чуо како је посечено стабло, ломећи гране борова који су чекали свој ред, коначно ударило у земљу. Опет су се чули ударци оштрих секира и гласови који су му били познати. Пришавши најближе што је смео, видео је стрму јаругу у којој су Балванићи секли све пред собом. Као да им се журило, секли су борове остављајући само младе букве и шибље које никоме није требало. Вукоје је видео Теофила Балванића са синовима, Јагошем и Радошем, и још четири непозната радника, који су воловима извлачили балване до импровизованог пута и спремали их за утовар на камион. Све је било добро организовано. На све су мислили, али нису рачунали на шумара. Вукоје није имао намеру да улази у директан сукоб са Балванићима. Знао је да ту нема никакве шансе. Они нису презали ни од кога, па би се и њега решили без размишљања. Пратећи погледом једва приметан, импровизовани пут, кренуо је према њему.

После двадесетак минута опрезног спуштања низ стрму шумску падину, Вукоје је дошао до велике гомиле посечених борових грана. Да не би сметале радницима приликом извлачења балвана, посечене борове гране су биле набацане поред узаног, импровизованог пута. Док је разочарано гледао у резултате дивљачке сече шуме, зачуо је звук камиона који се лагано приближавао. Под теретом балвана, камион се љуљао неравним путем као да ће сваког часа да се преврне. Вукоје је изашао из шуме, скинуо пушку са рамена и стрпљиво чекао. Док му се камион полако приближавао, Вукоје је постајао храбрији и одлучнији. Кроз главу су му пролазиле голооточке године, Јеличина смрт и пусте куће које су га дочекале у Чајетини. Испред њега је био камион натоварен украденим балванима, а иза њега су биле болне успомене, због којих није желео да се помери са пута.

Шофер је упорно притискао сирену, али је Вукоје мирно чекао да се камион заустави. Кад је зауставио камион, шофер је љутито отворио врата и помолио главу.

— Јеси ли ти луд!? Је л' хоћеш да те згазим!?

— Добар дан! — Вукоје је пришао камиону још ближе и погледао балване којима је камион био натоварен.

— Нисам ја луд, ја сам шумар, а, колико видим, ти возиш необележена стабла. Крадеш шуму! — погледао је у главатог, нервозног, необријаног шофера, са црним кожним качкетом на знојавој глави.

— Ништа ја не знам, ја само возим, за остало види са Теофилом Балванићем. Он је главни! — шофер је хтео да настави пут, али га је Вукоје предухитрио.

— Извини, да те питам нешто?

— Немам ти ја времена! — шофер је нервозно затворио врата и додао гас. Само што је камион кренуо, буку мотора је надјачао пуцањ. Камион се накривио на леву страну.

— Ти ниси нормалан! — шофер је искочио из камиона и погледао у пробушену гуму. Окренуо се према Вукоју, који је био спреман да поново пуца. Главати шофер је био запањен, није веровао да један мали, безначајан шумар има храбрости да се супротстави Теофилу.

— Хтео сам да те питам нешто, али ти ниси хтео да разговараш са мном. Сада можда хоћеш?

— Питај! — бесно га је погледао шофер.

— Имаш ли резервни точак? — после дужег гледања у пробушену гуму, шофер се окренуо према Вукоју и, кроз стиснуте зубе, бесно рекао:

— Имам! — само што је потврдно одговорио, зачуо се још један пуцањ који се стопио са експлозијом друге гуме. Кабина камиона је сада била накривљена према земљи. Обе предње гуме су му биле уништене. Шофер се ухватио за главу и с неверицом погледао у Вукоја.

— Ти си мртав човек, Теофил ће те убити!

— Поздрави ми пуно Теофила и реци му да је ово тек почетак — Вукоје је пребацио пушку преко рамена и лаким корацима нестао у шуми. Био је задовољан што је Теофилу послао јасну поруку. Јасније од овога није могло да буде. Знао је да две пробушене гуме неће зауставити Теофила, али је био сигуран да нелегална сеча државне шуме више никоме неће бити лак посао, па ни Теофилу Балванићу.

Вукоје се полако враћао ка брвнари, знао је да ће од сутра морати да се припази, али га то није плашило. Он је све своје страхове оставио на Голом отоку, његово сутра је била прошлост која га је упорно пратила. Цео његов живот састојао се од болних трагова прошлости, који су се дубоко урезали у његово сећање. Вукоја је сећање на Јелицу болело и лечило, али су му преживели тренуци заједничког живота били све што има. Били су му највећа награда и највећа казна.

Док се уморно приближавао шумарској брвнари, кроз разгранато небо је изронио пун месец. Вукоје је осетио чудну енергију. Поглед у пун месец био је лепљив и болан, нека чудна енергија се скупила између Вукојевих обрва, згужвала му чело, и натерала га да се сети лучоношиних речи: *Под сјајем пуног месеца откриће се њена душа, откриће се све што је скривено. Само тада је могуће и оно што није могуће, само тада нестаје граница између људи и животиња, између јаве и сна, између живота и смрти.*

Из мисли га је вратио додир влажне њушке. Вучица га је чекала. Радосно се подигла са прага брвнаре и омотала му се око ногу. Вукоје је спустио руку између шиљатих ушију и помазио је. Погледавши вучицу у очи, видео је питомо створење, видео је трагове прошлости који су га упорно пратили. Када је отворио врата брвнаре, осетио је топлину дома. Чинило му се да није сам, да Јелица испуњава сваки кутак брвнаре. Чуо је њен глас и њене меке кораке по дашчаном поду брвнаре. Спустивши главу на јастук, затворио је очи, осетио њен топли дах и утонуо у сан.

С првим капима сна, Јелица је тихо отворила врата брвнаре. Вођена месечевом белином, која се пробијала кроз прозор, на прстима је пришла кревету, завукла се испод Вукојеве руке и пољупцем пробудила његову уснулу душу. Водили су љубав као први пут. Тела су им дрхтала од жеље и страсти. Обасјане месечином, Јеличине груди су се пресијавале под његовим прстима. Док му је њена дуга коса мазила лице, витко наго тело се увијало у његовим рукама. Погледао је у срећу на њеном лицу и уронио дубоко у њене очи. Видео је себе, видео је како се њен осмех претвара у болни грч на лицу. Видео је страх и немоћ док се борила са униформисаним мушкарцем, који је био много јачи од ње. Док јој је цепао одећу, Јелица се жестоко борила, бранила се и рукама и ногама, а онда ју је нападач ударио песницом у главу и бацио је на кревет. Молила је за милост, али је звер у људском облику уживала у њеној немоћи. Његово уживање се претворило у садистичко иживљавање, али силоватељ није знао да у њој постоји још скривене снаге. Док јој је руком затварао уста, његов мали прст је залутао између њених зуба, који су се инстинктивно затворили и стегли. Грч је био толико јак да нападач није могао да извади прст који је Јелица чврсто стезала зубима. После неколико снажних удараца у њену главу, силоватељ је ишчупао руку из њених уста, али без малог прста. Крв је липтала из одгриженог прста и мешала се са Јеличином крвљу, која се сливала из њеног сломљеног носа. Болно стежући крваву руку, нападач је истрчао из брвнаре и псујући побегао кривудавом шумском стазом. На кревету је остало наго, крваво, немоћно Јеличино тело, и трагови дивљања двоноге звери. Јелица више није имала снаге, полако се препуштала смрти, надала се да је сада на сигурном, далеко од звери у људском облику. Преварила се, још једна звер је ушла кроз разваљена врата брвнаре. На тренутак је помислила да види човека, али је брзо осетила узбуђено дахтање још једна животиње. Још једном је силована док се кроз стегнуте зубе борила за ваздух, за голи живот. Када је задовољио свој животињски инстинкт, силоватељ је подигао њено наго тело, пребацио га преко рамена и однео у шуму. Мрак му је био најбољи савезник, покривао је његове зверске кораке до шумске јаруге. Оставивши њено беживотно наго тело гладним вуковима, силоватељ је журио назад кроз мрачну шуму и мрак своје људскости. Желео је да ову ноћ што пре заборави. Надао се да ће, још вечерас, гладни вукови растргнути доказ његовог зверства, да ће његова тајна заувек остати тајна. Али он није знао да сведок увек постоји, да људска недела увек изађу на видело. Пун, блештави месец се пробио кроз борове гране и осветлио лик звери у људском облику. Обасјан сјајем небеског сведока, Теофил Балвановић се окренуо, погледао непомично Јеличино тело и, носећи тајну у себи, нестао у мраку густих борова.

Око Јеличиног тела су почеле да се окупљају гладне животиње, али су се разбежале када су се појавили вукови. Као да се спрема за богату гозбу, вођа вучјег чопора је пришао Јеличином телу и дуго лизао крв са њеног лица. Када су пришли и остали вукови, упозорио их је потмулим режањем да је овај плен само његов. Док су му очи сијале у мраку, вук је, подигавши шиљате уши, ослушкивао шумске звукове који су, праћени сјајном месечином, откривали мрачне тајне. Ношен лаганим ветром, кроз мрачну шуму се пробијао промукли звук фруле. Као да шапуће, направио је круг око вође чопора и, повијајући младе букове гране, наставио свој пут кроз шуму. Када се шума умирила, вук је поново спустио влажну њушку на Јеличино крваво лице. Подрхтавајући њушком изнад усирених крвавих трагова, вук је откривао дуге беле очњаке. Дуго је њушком тражио Јеличин дах, али је осетио само мирисе звери које су се иживљавале над њеним телом. За разлику од људи, ова звер је покушавала да помогне Јелици. Лижући њено беживотно лице, желела је да је пробуди, да извади прст који је, у самртном грчу, Јелица чврсто стезала зубима. Вук је њушком безуспешно покушавао да подигне њено тело са земље, подизао је Јеличину руку, али би она одмах пала на земљу. После неколико безуспешних покушаја, вук је стао изнад Јеличине главе, разјапио чељусти и зарио зубе у своје тело. Цурећи из рањеног тела, вучја крв је капала на Јеличине усне. Кап по кап, њена уста су се пунила крвљу. Под сјајем пуног месеца, Јелица се закашљала и избацила прст из својих уста. Подигла се на колена и без страха *погледала у вука који је лизао крв са њеног лица. Захвално погледавши вука у очи, Јелица је олизала његову крваву рану. Док је тужно завијала гледајући у пун месец изнад Торника, вучје крзно је полако прекривало њено наго тело. Људски живот се гасио, а вучји се рађао. Јелица се претворила у вучицу.*

— Јелицееееее! — крикнуо је и пробудио се у сузама. Дуго није могао да се смири, откриће истине му је донело раздирући бол, који га је натерао да побегне из брвнаре и спас потражи у шуми. Кроз густо грање, које га је ударало по телу и гребало по лицу, Вукоје је бежао од сна који га је упорно пратио. Без снаге у ногама и ваздуха у плућима, стигао је на искрчену ледину, прекривену белом сјајном месечином. Под сјајем пуног месеца, Вукоје је немоћно покрио лице рукама и горко заплакао. Није знао ни куда ни како даље. После овог сна, његов живот је изгубио сваки смисао, ово је било теже од казненог шпалира на Голом отоку, овај сан га је дотукао. Са сузама у очима је погледао у блештави сребрни месец и болно крикнуо:

— Лучоношаааааа! — бол за вољеном женом одјекивао је планином. Као рањени вук, Вукоје је урезивао свој бол у природу око себе. И шума и небо и сјајни месец били су сведоци мушких суза. Његов бол је осетио и лучоноша.

— Вукоје, мене тражиш? — лучоноша је изронио из шуме. Обучен у најдубљи мрак, из којег је гледао Вукоја различитим очима, лучоноша је подигао шиљато вучје уво очекујући одговор.

— Знао си, ти си знао да ово не могу да издржим!

— Због божје љубави, почињеш да мрзиш. Одлично, кладио сам се на мржњу! Мржња је доминантно осећање код људи. Само ретки успевају да јој одоле. Љубав те је сломила! Највише волим да из љубави добијем мржњу. Тада је најјача! Мења човека из корена. Тада затвараш врата Богу! Кад сахраниш последње трагове љубави у себи, онда си мој, Вукоје! — задовољно је гледао у болан грч на Вукојевом лицу.

— Ја никада нећу бити звер! — одлучно је рекао Вукоје.

— Људи су звери. Мени у инат, Бог ти је даривао љубав. Љубав коју осећаш према Јелици чини те човеком. Али мржњом према њеним силоватељима, постаћеш поново звер!

— Никада! — севнуле су очи...

— Ако је волиш, освети се! Мржњи препусти своје срце. У срцу нема места и за љубав и за мржњу. Изабери...

— Крви ћу им се напити! — изабрао је мржњу.

— То желим да чујем! Крви никад доста! — застао је гледајући у изгубљено Вукојево лице, па спремно наставио:

— Ја ћу ти помоћи да се осветиш. Са уживањем ћу гледати како пропадаш, како божја љубав губи битку с мојом мржњом, како твој добри Бог губи битку са мном. Како год окренеш, зло је јаче! Дуже се памти, дуже боли, дуже траје. Уосталом, ја волим да тргујем с тобом. Ако хоћеш да се осветиш, продај ми душу. Шта ће ти душа која воли када је љубав између вас немогућа. Ваша тела су умрла, твоје на Голом отоку, а њено у шуми — застао је погледавши у Вукојево бледо лице, па је, као да се правда, наставио:

— Нисам јој спасао тело, али је њена душа заробљена у телу вучице. Вучица те гледа Јеличиним очима, Вукоје. Продај ми душу која воли и бићете опет заједно. Као вук и вучица. Она не може поново да постане жена, али ти можеш да постанеш вук. Живећеш као звер, вођен животињским инстиктима, без љубави.

— Реци ми да сањам, да све ово није истина, да ти не постојиш — рањеним погледом је узалудно преклињао лучоношу.

— Вукоје! — насмејао се вртећи главом, па наставио:

— Ако ме видиш, онда постојим! Ти имаш оно што ми треба, хајде да тргујемо. Не буди тврдоглав као твој отац на острву Видо. Размисли, добро размисли, Вукоје! — тишина је била хладна, језива, па је лучоноша наставио:

— Уосталом, ти на овом свету немаш пријатеља. Сви су те издали. Ти немаш за чим да жалиш. Међу вуковима ћеш бити међу својима. У животињском свету нема затвора, потказивања, лажних пријатеља. Ти си створен да будеш дивљ и горд, да потмулим режањем постигнеш оно што ниси могао лепим речима, да дугим очњацима утерујеш страх онима који се нису плашили Вукоја са пушком у рукама — застао је само на тренутак, па наставио:

— Створио сам те да будеш господар шуме. Ја сам ти дао име, карактер, душу, знао сам да ћеш једнога дана бити одбачени вук самотњак, да ћеш бити мој, Вукоје!

— То што тражиш можеш сам да ми узмеш.

— Слађе је када се предаш, када ми признаш да је зло у теби победило. Да је божја реч слабија од звука моје фруле, Вукоје. Само ми реци да се одричеш љубави, да се одричеш Бога, и ја ћу ти помоћи да осветиш Јелицу — лучоношине речи су се стопиле са тужним завијањем вучице које се, врлудајући између борова, полако пробијало према сјајном, пуном месецу.

— Чујеш ли, тебе тражи? — лучоноша је с осмехом погледао у Вукоја. Хранећи се болом и сузама на његовом лицу, лучоноша је извадио фрулу из својих бисага и принео је уснама. Под магнетним сјајем пуног месеца, лучоноша је ослободио песму заробљену у Станојевој врбовој фрули. Као уморна птица, песма је слетела на Вукојеве лепљиве капке, донела мрак, и питања којима га је ново јутро пробудило у шумарској брвнари. Да ли је само сањао, или је сањао да сања? Да ли је синоћ прешао границу између стварног и нестварног, границу између живота и смрти?

***

Љубодраг је дуго стајао пред отвореном капијом црквеног дворишта. Његови кораци су се одвикли стазе која је водила до црквених врата. Давно је било када су његове усне саме изговарале молитву, када се с молитвом будио и одлазио на починак. Давно, давно је то било, али је сећање на тај дан сада заробило његове мисли. Рат је увелико узимао свој крвави данак када се он последњи пут молио Богу у препуној цркви. Од тог мајског јутра, дванаест дугих година Љубодрагова нога није крочила у цркву. У првим послератним данима било га је срамота од Чајетинаца, који су, упркос новом, атеистичком времену одлазили у цркву. Али је брзо, пред осећајем неограничене и неодговорне власти, нестао и стид. Избледео је пред новом идеологијом, разбио се у прах, у најситније делове пред охолом, гордом, неконтролисаном комунистичком влашћу. Данас се у њему поново родио стид. Грицкало га је зрно људскости за које је мислио да је давно ишчезло из њега. Звук црквеног звона пренуо га је из размишљања и натерао га да се одлучи. Дубоко уздахнувши, Љубодраг се окренуо и наставио путем којим се лакше иде, али се нигде не стиже. Не знајући куда ће га однети, препустио се несигурним корацима, који су га, главном чајетинском улицом, одвели до *Ерине кафане*. По устаљеној навици, сео је за усамљени сто у ћошку кафане и наручио пиво. Није подизао поглед, друштво му је сада најмање требало. Сведоке никада није волео, поготово не сведоке своје слабости, која је изненада испливала на површину.

Али, данас није био његов дан. У кафану је бануо човек чије друштво је најмање желео. Када је видео онога кога тражи, Теофил је завртео великом главом и пришао столу са црвено-белим, карираним столњаком, за којим је одсутно седео

Љубодраг Танкосић. Кроз облак дима дрине без филтера, која је догоревала у великој стакленој пиксли, Теофил Балванић је бесно гледао у њега.

— Док се ти опијаш, Курјаковић нам уништава посао! — као да му је Теофилов поглед успавао савест, севнуле су очи Љубодрага Танкосића. Живнуло је зло у њему.

— Шта се десило? — погледао је изненађено у Теофила.

— Шта се десило!? Зауставио је камион са балванима и пуцао му у гуме. Изгубили смо цео дан! Морали смо да претоваримо балване да би заменили точкове на камиону. Све то кошта, морао сам да платим из свог цепа. Је л' ти мислиш да је мени лако? Најлакше је седети у кафани!

— Теофиле, ти никада ништа не плаћаш. Ни шуму коју сечеш, ни превоз, ни пробушене гуме. Све радиш преко веза и везица, немој мени да причаш бајке. Ево, седи и попиј нешто, ја плаћам!

— Лако је теби да причаш, ја све морам да завршим. Од шумара до Крцуна, мислиш да је то лако? — Теофил је привукао столицу и сео за сто.

— Слушај, Теофиле, ми имамо договор. Већ пет година ја окрећем главу док ти крадеш! Доста је било, на пролеће хоћу кључ у руке! — Љубодраг се нагнуо ка Теофилу и погледао га скупљених обрва, као да му је било доста уцена и претњи.

— Куће су стављене под кров. Крајем недеље идем у Ужице, тражићу од Миленка Пенезића да заједно обиђемо градилиште — умирио га је Теофил, па се сетио зашто је дошао.

— Него, то је сада мање важно, време је да се решимо шумара. Он је узрок свих наших проблема.

— Рекао си да је шумар твој проблем, Теофиле.

— Па, то ти и причам, смислио сам начин како да се решимо шумара. Безболно! Мислим, безболно по нас.

— Шта си сад смислио?

— Хајку — спустио је тон, наслонио се лактовима на сто и раширених очију погледао Љубодрага Танкосића.

— Какву хајку?

— Хајку на вукове.

— Ништа те нисам разумео.

— Па није чудо што радиш у милицији. У хајци на вукове обично страда понеки вук и неко непланиран. Овог пута ће страдати и неко планиран. Уосталом, хајке су и измишљене због освете, разумеш ли сада?

— Вукоје Курјаковић!? Свака ти част, Теофиле.

— Прорадили ти кликери, геније!

— А, када планираш хајку?

— Е, то је твој посао! Организуј ловачко друштво и сељане, а је ћу све *остало* спровести у дело. Разумеш? Нормално, и шумар треба да учествује у хајци — подигавши обрве, Теофил је лукаво погледао Љубодрага у очи, испио је своје пиво и задовољно спустио празну чашу на сто.

— Видећемо се када се вратим из Ужица — нагло је устао од стола и задовољно изашао из кафане, оставивши ортака да, вртећи главом, немо гледа за њим. Љубодраг Танкосић није волео Теофилове кварне планове, али му се ова идеја много свидела. О својим проблемима је почео да размишља на Теофилов начин. У хајци би могао да страда још неко...

***

Нагло се усправио у кревету. Мутним, влажним погледом је дуго шетао по брвнари, безуспешно тражећи одговоре на питања која је донело ово јутро. Да ли је сан пробудио мржњу у њему? Да ли ће, вођен жељом за осветом, постати немилосрдна звер? Вукоје је отворио очи, али се није спасао крвавог сна. Слике

Јеличиног силовања и лучоношине речи постале су део њега, увукле су му се дубоко под кожу и тражиле освету.

— Крви ћу им се напити! — поновио је болну реченицу коју је лучоноша синоћ испровоцирао у њему и нагло устао из кревета. Знао је ко је човек без прста на руци, а Теофилов лик, обасјан месечином, јасно је видео у сну. Знао је да су му Љубодраг и Теофил пресудили, баш као и Радовану, који је у тренутку људске слабости постао оружје у њиховим рукама. Није био сигуран шта може да уради против људи који су власт у Чајетини, али је знао да им дугује по метак из двоцевке која је висила на зиду брвнаре. Отворивши врата, одлучно је напунио плућа ваздухом и осетио у себи сирову мржњу која се овог јутра пробудила с њим. Само што је направио корак, вучица му се свила око ногу тражећи његов додир. Вукоје је чучнуо и завукао прсте у сиво-бело крзно. Тражећи познати лик у вучициним искреним очима, сузама је замутио поглед. Први пут је знао шта му је толико познато у очима боје меда. Окренуо је главу од влажне њушке и усправио се. Ово је био дан за освету. Бол за Јелицом је тражио освету, тражио је крв, Љубодрагову и Теофилову крв. Вукоје је био спреман на то. После свега што је преживео на Голом отоку, лако се одлучио. Крв на његовим рукама неће бити ништа ново. Осећао је да се у њему пробудила дивља звер, звер жедна крви, жедна освете.

Пребацио је пушку преко рамена и кренуо у шуму. Тамо су му мисли биле најчистије, најоштрије. Најболније! Осетивши мирис крви и укус морске соли на уснама, пламен мржње се разбуктао у његовом срцу. Праћен вучицом, Вукоје се полако кретао између високих борова, младих букава и разгранатих лужњака, који су му својим великим крошњама скретали мисли. Покушавао је да се избори са злом у себи, али је био слаб. Слике сна су биле прејаке да би могао да прашта. Праштао је зло које су нанели њему, али није могао да им опрости Јелицу, њене сузе, бол и душу заробљену у телу вучице.

Као да га је неко полио хладном водом, застао је испред јаруге коју је синоћ видео у сну. Видео је Јеличино тело, видео је звер како јој лиже лице и пун, сјајни месец изнад ње. Слика сна му се увукла у мисли, па је поновио речи мржње, које су се уселиле у његово срце:

— Крви ћу им се напити! — лучоноша је лако појачавао мржњу у Вукоју, играо се сурово са његовим осећањима. Уживао је у болу који му наноси, хранећи своју грешну душу његовим сузама.

Из света мржње вратио га је њен додир, узнемирено се кретала око њега тражећи да пође за њом. Вукоје је збуњено гледао како вучица, упорно цвилећи, предњим шапама копа земљу испод великог бреста, који је синоћ видео у сну. Пришавши јој ближе, приметио је да је вучица из меке земље откопала добро очуван људски прст, који је Јелица одгризла свом силоватељу. Обрисавши га од земље, Вукоје је схватио чији прст држи у руци. Праћен завијањем вучице, кроз шуму је одјекивао болни Вукојев крик. Његова мржња се овог јутра осећала у сваком листу, грани, стази, у немирном ветру и оштрим мирисима дивљих звери, који су подсећали Вукоја на синоћњи сан. Освета је постала обавеза његове душе, које више није хтела да прашта.

Гоњен болом и растрзан синоћњим сном, наставио је да се креће кроз шуму. Праћен вучициним цвилењем, ишао је насумице. Стазе су се сакриле од његовог мутног погледа, од његових изгубљених корака. Ово јутро га је болело више од мучења на Голом отоку. Вукоје је знао да су батињања, крв и голооточке муке прошлост, као што је знао да рана за Јелицом никада неће зарасти. Бол за Јелицом се уселио у његово срце, накалемио се на његову рањену душу, заувек.

Знојав и уморан, праћен суровим сном и болним погледом вучице, Вукоје се наслонио на велико стабло беле букве и пустио уморно тело да полако склизне на земљу. Снага га је потпуно напустила. И мисли су се предале, само је бол био истрајан, испуњавао је сваки део Вукојевог тела. Био је на ивици суза, бацио је пушку на земљу и затворио очи. Молио се Богу да га узме, да га спаси мржње, зла које га је спопало. Да га спаси жеље за осветом.

Бежећи од осветничких, крвавих мисли, сетио се њиховог венчања. Видео је Јелицу у српској ношњи како му се осмехује, чуо је црквена звона, и осетио животињско дахтање. Тежак, препознатљив мирис звери, натерао га је да отвори очи и пред собом угледа вука, који је дуго чекао ову прилику.

Док је Вукоје немоћно пружао руку према пушци, вук се, показујући зубе, спремао за напад. Када су севнуле закрвављене вучје очи, зачуло се режање које је зауставило вука у покрету. Накострешених длака и искежених зуба, вучица је стала испред Вукоја. Одлучан вучицин поглед и потмуло режање трајало је све док се вук није окренуо и нестао у густој зеленој шуми. Вукоје је обрисао зној са чела и помазио вучицу која је упорно гледала у дрхтаво лишће на гранама младог граба, о које се очешао поражени вук.

— Хвала ти — захвално погледавши у очи боје меда, видео је бол који су јој нанели, који се уселио у његово срце. Постао део њега. Сетио се голооточких мука под врелим плавим небом и љубави која га је одржала у животу. Опет га је спасла љубав, Јеличина љубав. Осетио је преображење, и сузе које су га чистиле од зла. Када је осетио додир влажне њушке, поново је осетио бол. Одлучно је пребацио пушку преко рамена и кренуо назад. Зло је било јаче! Решио је да посети Љубодрага Танкосића.

Одлучним корацима је ишао према брвнари када му је ветар донео лучоношину поруку: *Јутро је паметније од вечери.*

Знао је да се лучоноша поново игра с њим, да вуче конце његовог живота и његове смрти. Да, уживајући у његовом болу, љубав претвара у мржњу. *Кад сахраниш последње трагове љубави у себи, онда си мој, Вукоје*, сетивши се лучоношиних речи, беспомоћно је погледао у небо и завапио: — Помози ми, Боже!

***

Мијајло је задовољно гледао како Милан једе. Апетит му се поново вратио, бледило на нежном дечјем лицу заменили су румени образи, али Мијајло није смео да се радује. Само је погледао у Јагодинку и брзо се прекрстио. Добро је знао да је срећа варљива, па је, уплашен за Миланово здравље, срећу крио у себи, да не би призвала несрећу која је најчешће прати. У кући Губеринића никада се нису повезале две среће, али су се несреће низале.

Најчешће три заредом.

— Богу хвала — пољубила је главу свог детета, које није испуштало кашику. Чинило јој се да су траве које је Мијајло донео од монаха Саватија учиниле чудо. Отвориле апетит и вратиле румену боју на Миланово лице. Дете је све чешће излазило из куће, трчало за овцама и помагало Мијајлу у послу. Због дечјег смеха, који се после дуго времена поново чуо на имању Губеринића, Мијајло је прекидао свој посао. Журно би се прекрстио и влажних очију дуго гледао у Милана. У тим тренуцима, сетио би се Бога. Молитве и захвалнице нису силазиле са Мијајлових усана. Погледавши у икону Светога Николе, Мијајло се сетио оца Теодосија.

— Јагодинка, ми идемо у цркву — погледао је у жену која је сијала од среће, па је милујући Милана наставио:

— Да се захвалимо Богу и оцу Теодосију.

— Да немам толико посла, и ја бих с вама — испратила их је руком весело машући, али је кроз сузе гледала како олисталим шљивиком силазе до кривудавог сеоског пута. Када су потпуно нестали са видика, Јагодинка је обрисала сузе крајевима шарене мараме на забринутој глави и вратила се послу. Ове сузе је нису болеле. Са Милановим пробуђеним осмехом, вратила се и изгубљена радост у кућу Губеринића.

Захваљујући се Богу, Мијајло је задовољно гледао како Милан скакуће поред њега. Леп, сунчан дан их је *преварио*, па нису ни осетили да су стигли до чајетинске цркве. Пред црквеном капијом је погледао у Милана и, пруживши му руку, пошао стазом према цркви. Прекрстили су се пред вратима и ушли у цркву с молитвом на уснама. Уз оштар мирис тамјана и воштаних свећа, које су се лагано топиле, догоревале треперавом светлошћу, вера у Бога је испуњавала Мијајлово срце и невину Миланову душу. Само што је завршио молитву, Мијајло је чуо познати глас.

— Помоз бог, Мијајло!

— Бог ти помогао, оче!

— Ово је Милан? — отац Теодосије је упитно погледао у Милана, спустио руку на његову главу, помазио га, па поново погледао у Мијајла, на чијем лицу се видела срећа, захвалност и непоколебљива вера у Бога.

— Хвала ти, оче, да не беше тебе...

— Мијајло, све је у божјим рукама. Него, реци ми како је монах Саватије, како је његов мали помоћник, Сава?

— Био сам с њим само једно поподне, а чини ми се да га знам годинама. А Сава ме је подсетио на мог Милана. Оче, монах

Саватије не лечи само травама, већ и речима. Душом. Не знам коме више дугујем, теби, њему, или Богу.

— Ни мени ни монаху Саватију не дугујеш ништа. Наша је дужност да помажемо народу, а дуг према Богу раздужујеш вером, и љубављу према свом детету. Ко не нађе Бога у себи, неће га наћи ни у цркви, Мијајло! — као неко ко зна у шта верује, сигурним гласом је рекао отац Теодосије, не скидајући поглед са малог Милана. Знао је да су данас две невине рањене душе пронашле свој пут.

— Хвала ти, оче — речи оца Теодосија су се урезале у Мијајлову душу. Овај дан је био нешто посебно, небо се спустило до земље и умило Миланову дечју душу. Док су излазили из црквеног дворишта, отац Теодосије је упорно гледао за њима. На лицу је још увек имао загонетан осмех, а у очима му се видела срећа са којом су Мијајло и Милан изашли из цркве. Замишљено гледајући за њима, отац Теодосије се вратио у своју прошлост, и осетио познати страх, родитељски страх за децу, страх за своју породицу. У вртлогу мрачних мисли, сетио се свог разговора са начелником Озне, Слободаном Пенезићем Крцуном. И после толико година, поново је задрхтао од његових претњи.

— *Бирај, попе! Или сагни главу преда мном, или ћеш је сагињати над мртвом децом! Ја немам времена да се прегањам с тобом! Зар не схваташ да, служећи мени, служиш својој породици. Спасаваш српске главе. Овај крај је много пропатио, четници су му нанели много зла.*

— *Обојица добро знамо да су и ваше руке крваве* — прекинувши га на трен, отац Теодосије је изазвао бес начелника Озне. Крцун је лупио песницом о сто и оштро погледао у оца Теодосија.

— Од тебе само тражим да не подбадаш своје сељане против нове власти, да радиш у свом, њиховом, и државном интересу! Је л' ти јасно, попе!? Ако нећеш... — повукао је завесу са прозора.

— Опрости се с њима! — погледавши кроз прозор на затворски круг, отац Теодосије је видео своју жену Ковиљку и њихово троје деце како се свијају уз њу. Знао је да ништа није вредније од дечјих живота, и ништа бедније од претње којом се послужио начелник Озне. Отац Теодосије се мучио, ломио се између земље и неба, између љубави за своју породицу и безразложног жртвовања. Немоћан Ковиљкин поглед на уплашена дечја лица крунио је последње зрно поноса у оцу Теодосију. Док се у мислима борио са ђавољом уценом, у себи је чуо благи глас протојереја Миљана Станојевића: Данас је већа жртва остати жив, него се склонити на небо.

Са искреним, духовним сузама, које Крцун и није могао да види, отац Теодосије је храбро прихватио своје жртвовање. Као добри пастир, морао је да сачува своје стадо од гладних, крвожедних вукова у партизанским униформама.

Гледајући за Мијајлом и Миланом, груди су му се пуниле топлином, био је сигуран да је тада донео праву одлуку.

Хајка на душе

Љубодраг Танкосић је замишљено гледао кроз прозор своје канцеларије. Све чешће га је нешто гушило, притискало у грудима. Није знао шта га боли, али је био сигуран да то није срце, а није ни душа. Срце није имао, а душу је одавно продао. Ипак, нешто га је штрецнуло када је видео Мијајла са дететом. Мијајло Губеринић се борио за живот малог Милана као да је његова крв. Да ли је отац онај који ти живот да, или онај који те не да смрти? Да ли оца и сина повезује крв, или љубав, питао се Љубодраг. Дубоко загледан у своју прошлост, увек је видео крв, лепљиву, згрушану крв. И овог радозналог јутра, мисли су му биле крваве, издајничке, крвавом жицом чврсто везане, као руке Драгутина Зеленовића. Подигавши руку ка прозору видео је и крвави прст који му недостаје. Крвав је био и Јеличин презриви осмех и трагови у дубоком златиборском снегу, који су га упорно пратили. Крваво мучење му је прекинуло нечије тихо куцање на врата канцеларије. Окренувши се безвољно, уморно се завалио у столицу и рекао:

— Уђи! — само што је сео за свој сто, кроз врата је ушао Сретен Јањушевић, председник ловачког друштва *Златибор*. Несигурно развлачећи осмех, крупан, главати брка је гледао у Љубодрага Танкосића као да му од њега зависи живот.

— Добар дан, друже командире — Сретен још увек није знао зашто је командир милиције желео да разговара са њим, па је збуњено стајао насред канцеларије.

— Седи, друже Сретене — само што је председник ловачког друштва сео на столицу, Љубодраг је прешао на ствар. Није више било времена за губљење. Док се Сретен Јањушевић нервозно врпољио на расклиманој дрвеној столици, Љубодраг се накашљао и, не спуштајући поглед са збуњеног Сретеновог лица, заинтересовано упитао:

— Какво је стање у шуми, чујем да вукови силазе до торова — начео је тему и пустио свог госта да прича.

— Силазе, силазе, баш сам пре неки дан разговарао са сељанима. Траже заштиту за своја стада, друже Танкосићу.

— Па шта чекате, организујте хајку. Ловци су увек за хајку, а ту смо и ми из милиције, шумар и сељани, па да се решимо вукова пре зиме — Љубодраг је изнео идеју која је лако прихваћена, вукови су у овим крајевима били стална опасност за сељане и њихова стада.

— Добро си то рекао, друже Танкосићу. Већ следеће недеље можемо да се окупимо. У ловачком друштву имамо доста ловаца, а сељани су увек ради да учествују у хајци. Што се мене тиче, то је готова ствар.

— Одлично, организуј то, друже Сретене, и јави ми се неколико дана пре хајке да се и ми спремимо — устао је и пружио му руку, што је био знак да је разговор завршен. Хајка на вукове је договорена, остало је само да се све замисли спроведу у дело.

Док је Сретен Јањушевић затварао врата за собом, Љубодраг Танкосић је задовољно трљао браду. Чинило му се да се све одвија по добро разрађеном Теофиловом плану, који је у Љубодраговој глави претрпео мале измене.

***

Никада није волео изненађења, па је сваки свој наредни корак планирао до најситнијих детаља. Ситуације у које би загазио већ су биле до танчина испланиране у његовој глави. Ипак, када је отворио врата, на која никада није куцао, Теофил је био изненађен. Помисливши да је погрешио, застао је, још једном прочитао шта пише на вратима, и тек тада ушао у канцеларију.

— Добар дан.

— Изволи... — застао је пред лепим лицем непознате жене, па је збуњено наставио:

— Ја... код друга секретара.

— Кога да најавим?

— Ма само му ти реци да је стигао Теофил, зна он — секретарица је устала од стола и грациозно ушла у кабинет секретара Окружног комитета СКС за Титово Ужице. Није се дуго задржала, вратила се са вештачким осмехом на лицу и поново села за свој сто. Док је Теофил збуњено гледао у њу, секретарица му је руком показала на столицу.

— Седи, друже Теофиле, секретар ће те примити за пет минута... — рекла је и вратила се свом послу, куцању на старој, енглеској писаћој машини, која је производила такве звуке да се Теофил обрадовао када му је, погледавши га кроз дуге, густе трепавице, упутила још један вештачки осмех и показала му руком на врата канцеларије.

— Уђи — лакнуло му је када је отворио врата, али се још једном изненадио када је за столом секретара комитета угледао непознатог човека, врло чудног изгледа. Непознат човек мршавог лица је имао веома изражену доњу вилицу, брижљиво штуцане војничке брокове и сјајну црну косу, зачешљану уназад, па су му клемпаве уши максимално долазиле до изражаја. Бела најлонска кошуља и елегантна кравата су одавале човека који је много полагао на свој изглед. Нажалост, безуспешно.

— Изволи, друже... Теофиле, седи — када је Теофил збуњено сео на столицу, непознати човек љубазно рече:

— Шта могу да учиним за тебе, друже Теофиле?

— Па мени је, у ствари, требао друг Миленко Пенезић — погледао је у човека за столом који се, схвативши разлог збуњеног Теофиловог лица, удобно завалио у своју столицу. После вештачког накашљавања, развлачећи штуцане бркове задовољним осмехом на глатко избријаном лицу, човек за столом секретара комитета је надмено рекао:

— Као што видиш, друг Миленко више није у служби. Ја сам Миладин Тмушић, нови секретар Окружног комитета за Титово Ужице. Ако ја могу да ти помогнем, врло радо.

— А шта је са другом Миленком? — Теофил није могао да сакрије своју изненађеност и радозналост.

— То не би требало да те интересује, друже Теофиле! Уосталом, да ли ти друг Миленко треба приватно, или службено? — после директног питања, ледена тишина је завладала између њих. Теофил се збунио, одавно није био у оваквој ситуацији. Ако изгуби сваку везу са Миленком, изгубиће све што иде уз то. Положај, заштиту, куће, новац...

— Мени друг Миленко треба и приватно и службено — снебивајући се, Теофил је покушавао да *испипа терен*.

— Друже Теофиле, за ваше приватне послове мораћеш да видиш с њим, а што се тиче службених послова, ја сам ту. Реци о чему се ради?

— Не бих да те мучим, друже Миладине, ја ћу то с Миленком — Теофил је знао да више ништа не треба да каже. Осећао је да се нешто непланирано десило, да је друг Миленко *склизнуо*. Нико не напушта такав посао драге воље. Ко ли је сада на реду, питао се Теофил Балванић док је, праћен лукавим погледом Миладина Тмушића, излазио из његовог кабинета.

Само што је Теофил затворио врата за собом, зацаклила су се два различита ока Миладина Тмушића. Развлачећи лукав осмех, извадио је из фиоке три црне коцкице за барбут и бацио их на свој радни сто. После скакутања по радном столу, црне коцкице су се зауставиле на шестице, па се лучоноша задовољно насмешио и почешао длакаво, шиљато вучје уво...

***

Када је Теофил изашао из зграде комитета, дубоко је уздахнуо, погледао у сиво небо са два бела разливена облака и сочно опсовао:

— Јебем ти трулу сису мртве матере у ладном гробу! — после сочне, необичне псовке, Теофил је пљунуо на тротоар и одлучно кренуо улицом. Знао је шта треба да ради. Ако не може да нађе Миленка, наћи ће његовог зета, који је био умешан у све њихове прљаве работе. Нико још није зајебао Теофила Балванића, па неће, богами, ни ова багра од људи.

Није му дуго требало да пронађе зграду дирекције *Југопетрола*, па је пред вратима директора Јанка Милића још увек осећао бес у себи. Закуцао је на врата као да тражи дежурног кривца. Не чекајући дозволу, отворио је врата и угледао изненађено лице Јанка Милића.

— Друже Теофиле, изволи, седи — по *згужваном* лицу Јанка Милића, Теофил је схватио да није изабрао право време за посету, али он није имао намеру да чека. Сврбео га је језик од питања која је желео да постави човеку који је био последња карика ланца у крађи државне имовине.

— Друже Милићу, шта се то дешава!? Био сам у кабинету друга Миленка и тамо затекао неког непознатог човека! Шта се десило с Миленком? — Теофил је раширених руку очекивао одговор који би му повратио мир, али поглед Јанка Милића није деловао смирујуће на њега. После дужег климања главом, Јанко Милић је превалио преко усана:

— Мрка капа.

— Видим и ја да је мрка капа, питам шта је са другом Миленком?

— Миленко је *склизнуо*, политички...

— И, шта ће бити с нашим послом?

— Боље би ти било да не питаш! Миленко је изгубио сваку политичку моћ, сада ради као учитељ у Бајиној Башти. Ако га повежу са нелегално изграђеним кућама на друштвеној земљи, онда смо и ми у проблему. Разумеш, Теофиле?

— Не разумем, те куће правиш ти, а не Миленко. Он је био само покриће! Пет година ти снабдевам стовариште грађом! Ако ниси направио куће, паре на сунце, друже Милићу! И пази шта радиш, нисам ти ја од јуче.

— Теофиле, моли бога да не заглавимо и затвор, јер како је кренуло, неће на добро да изађе. Стрпи се мало.

— Слушај ме добро, друже Милићу, мене још нико није зајебô, па нећеш ни ти! — Теофил је устао са столице и претећи подигао криви, жуљевити кажипрст испред лица Јанка Милића.

— У реду, Теофиле — застао је Јанко Милић, погледао у разрогачене Теофилове очи, па наставио:

— Ако ми не верујеш, ти иди у милицију. Пријави да смо те ја и Миленко преварили, па ћемо, због крађе државне имовине, робијати заједно. И ја, и ти, и друг Миленко! — очекујући бурну реакцију, Јанко Милић је одлучно гледао Теофила у очи. У леденој тишини, две личности су се сукобиле одлучним погледима. Теофилова снажна, дивља, горопадна, покварена личност, стајала је наспрам лукаве, љигаве, и ништа мање покварене личности Јанка Милића. И у том тренутку новац им је био најважнији. Из Теофила је проговорила узаврела крв.

— Ако ме за две недеље не исплатиш, ја нећу робијати због крађе, већ због убиства! Је л' ти јасно!? — крвнички гледајући у запањено лице Јанка Милића, Теофил Балванић је отворио врата и, вртећи главом, изашао из канцеларије.

***

Мајка Јана је предуго чекала на срећу под њиховим оронулим кровом. Годинама је венула, стрепела гледајући у Радованово тужно, кривицом обележено лице. Данас је срећна. Дочекала је да види како Радован и Мара уносе осмехе у тугом обавијен дом. Њихови осмеси су одагнали Јанину тугу за мужем Јанаћком и трогодишњим сином Тадијом.

— Мајко, ево ти снајке! — Радован је сијао од среће док је мајка Јана љубила снајку.

— Нека вам је са срећом, децо моја! — после двадесет година, мајка Јана је црну мараму заменила шареном.

— Радоване, сине, немој дуго да чекам унуке — пред њеном срећом, сва мука, јад, чемер и беда побегли су кроз врата куће која је дуго чекала овај тренутак. Живот се поново вратио у кућу Чемеркића. Предуго носећи у себи бол за оцем и млађим братом, Радован је заборавио да се осмехује. Навикнут на црну мараму мајке Јане, данас се тешко привикавао на осмехе, на зрно среће под њиховим оронулим кровом. Чинило му се да је у Мариним очима пронашао снагу за нови живот.

— Е, да ти је отац жив.

— Мајко, немој, није време за тугу и сузе. Данас је срећа ушла на наша врата и ја не желим да тугом покварим овај срећан дан — као да га није чула, гледајући у Јанаћкову избледелу фотографију на зиду, мајка Јана је наставила:

— Када се без ноге вратио из рата, видео се бол у његовим очима. Ни победа у рату, ни *Албанска споменица*, ни одликовања нису помогла. Та рана је била незалечива. Штака која му је заменила ногу, болела га је више од свих рана које је задобио у рату. Његов војнички понос је био рањен. Ти си му вратио осмех на лице, али га је Тадијина болест поново однела. Да ти је отац жив... — застала је и, кријући сузе, устала од стола.

— Да наздравимо, ваља се! — донела је флашу ракије, спустила је на сто и с осмехом гледала како Радован пуни чашице домаћом шљивовицом. Годинама се у овој кући није наздрављало, сада је дошло и то време.

— Нек нам је са срећом, децо моја! — подигавши чашице, погледали су се у очи и видели да долазе бољи дани. Склањајући се од њихових срећних погледа, данас је туга побегла из куће Чемеркића.

***

Организовао је ловце, обишао сељане и сада је, кроз мешовиту шуму и опијајући мирис црних борова, ишао према шумаревој брвнари. Никада није веровао дивљим животињама, па му двоцевка није била пребачена преко рамена. За сваки случај, држао ју је у рукама. Ова шума је била пуна зечева, лисица, дивљих свиња, али и вукова, због којих сада тражи шумара. Само што је помислио на вукове, учинило му се да је у густом, зеленом лишћу младог граба приметио вука који је одмах нестао у жбуњу. Сиво крзно, прошарано белим и жутим длакама, маскирало се шумским бојама. Да својим корацима по сувом лишћу не уплаши вука, зауставио се и подигао двоцевку. Притајен, наслоњен на дебело стабло букве, стрпљиво је чекао да се вук опет појави. Није дуго чекао, лукави вук је изронио из жбуња и неодлучно застао. Подигавши њушку, осетио је топли јужни ветар и мирис човека. Када је осетио опасност, поново је нестао у густом зеленом жбуњу. Сретен Јањушевић је бесно спустио двоцевку и тихо опсовао. Данас није имао среће, или, можда, јесте... Чуо је нечије кораке по сувом лишћу и брзо се окренуо.

— Јањушевићу! — Вукоје је био изненађен што види Сретена Јањушевића.

— Вукоје, пресеко си ме — Сретен је спустио двоцевку и рукавом зелене кошуље обрисао зној са чела.

— Имао сам вука на нишану.

— Вука, или вучицу?

— Нисам сигуран, него, због тога сам и дошао.

— Због чега?

— У недељу организујемо хајку на вукове, сељани се жале да су силазили до торова. Поделићемо се у три групе, једна ће се кретати од Горње Јабланице према Лисичини, друга ће се кретати од Чајетине према Семенгњеву, а трећа од Мачката преко Шљививице до Груде. Спојићемо се у подножју Виогора. Ја и ти ћемо кренути од Јабланице. Што ловаца, што сељана, рачунам, биће нас око... сто педесет.

— Ко ће предводити друге групе? — Вукоје је пажљиво слушао Сретена, дешавало се да у хајци не страдају само вукови.

— Другу групу ће предводити Јован Радуловић и Теофил Балванић, а трећу ће предводити Драго Масловар и Љубодраг Танкосић. Оштро око и сигурна рука. Све добри ловци! Шта они нанишане... — када је завршио реченицу, Сретен је завртео главом. Знао је да у златиборском крају нема од њих бољих ловаца.

— Када крећемо? — Вукоје је осећао да се нешто спрема, голооточка мука га је научила да ником не верује, поготово не људима. Питао се да ли је и Сретен умешан у прљаве радње, које је лукаво смишљао Теофил Балванић.

— Крећемо у пет ујутру, свако са свог положаја. Ја се надам да ћемо увече славити у *Ериној кафани*. Немој да касниш.

— Договорено! — пруживши му руку, Вукоје је оверио договор и наставио да се креће невидљивом шумском стазом према својој брвнари.

Размишљајући о Вукојевој тешкој судбини, Сретен Јањушевић је замишљено гледао за њим. Тек када му је зеленило сасвим прекрило Вукојеву силуету, слегнуо је раменима и немоћно хукнуо. Лагано се окренуо и наставио да се креће кроз шуму. Размишљао је о вуку, није желео да га сретне неспреман, па је, чврсто држећи пушку испред себе, бојажљиво наставио да се креће кроз шуму. Није слутио да га неко гледа.

Када је зашао дубље у шуму, Вукоју се придружила и вучица. Очешала се о њега као да су нераскидиви делови исте приче, исте судбине, као да су карике истог ланца. Начас би застала, окренула би шиљате уши и ослушкивала шумове ношене ветром. Знала је одакле јој прети опасност. Животињски инстикт јој је много пута спасао живот.

Вукоје је замишљено ишао према брвнари. Крвавим мислима је одлутао у недељу која долази. Сетио се голог, каменог острва, Јеличиних суза, опустелих кућа, сетио се голооточког шпалира, уплашених погледа, жицом везаних руку и невине крви по врелом белом камењу. Опет је осетио мржњу која му се у ноћи пуног месеца уселила под кожу. Хајка је била створена за освету.

***

Бес му није дозвољавао да мисли, осећао се као разјарени бик пред црвеном марамом. Само, није знао ко држи црвену мараму у руци? Миленко Пенезић, или Јанко Милић? У сваком случају, неко покушава да га превари, био је сигуран у то. Није могао, а ни желео да се помири с тим да после толико година пљачкања државне шуме није зарадио ништа. Баш ништа. Да ће све што је некако стекао за ових пет година остати неком другом. Можда баш Јанку Милићу. Није му веровао ни реч, ни слово. Добро је знао комунистичке кадрове, знао је да је ушао у посао са себи равнима. Моралним богаљима!

Враћајући се у мислима на разговор са Јанком Милићем, покушавао је да пронађе бар мало здраве памети у разјареном мозгу. Толико је био обузет замршеном, безизлазном ситуацијом да није приметио ко му иде у сусрет. Налетео је на свог најмлађег сина, Арсенија.

— Оче, шта се десило? — Арсеније је одмах приметио да Теофилу нису *све козе на броју*.

— Арсо, сине — Теофил је изненађено гледао Арсенија у униформи, као да није знао да му је син милиционар. Од изненађеног погледа није било неке вајде, па је Арсеније поновио:

— Шта се десило?

— Ништа, ништа... него, реци ми, где је Љубодраг?

— Ма, ено га у станици — Арсеније је збуњено гледао у свог оца, нешто му је говорило да су невоље на помолу.

— Реци му да га чекам у кафани — само што је завршио реченицу, Теофил се брзим корацима упутио према кафани, на Арсенија више није обраћао пажњу. Посвађане мисли у

Теофиловој глави су упорно, али и безуспешно тражиле решење новонастале ситуације.

Ушао је у кафану и сео за сто поред прозора, у самом ћошку. Само што се спустио на столицу, стигло је и хладно јагодинско пиво. У овој кафани се није знало радно време, али су келнери добро знали навике својих гостију. Чим је спустио чашу на сто и отворио флашу пива, келнер је без речи отишао до шанка. Знао је добро и незгодну нарав свог госта. Само што је отпио велики гутљај хладног јагодинског пива, Теофил је на вратима приметио Љубодрага Танкосића, који је дугим корацима дошао до стола. Задихан се спустио на столицу и радознало погледао у забринуто лице свог ортака.

— Причај!

— Имам две вести — застао је Теофил, попио још један гутљај хладног пива, па наставио:

— Добру и лошу! Коју прво желиш да чујеш? — мада је глумио смиреност, у Теофилу је све кувало. Додатно га је нервирао келнер док је спуштао на сто чашу и пиво за Љубодрага, па је кроз зубе поновио питање.

— Добру, или лошу?

— Како ме гледаш, чини ми се да добру вест немаш. Ајде, да чујем лошу.

— Ништа од наших кућа!

— Како, бре!?

— Тако! Миленко Пенезић је, изгледа, завршио своју каријеру! *Склизнуо је*, није више секретар комитета. Данас сам на његовом месту затекао сасвим непознатог човека.

— А његов зет, шта он каже?

— Е, видиш, то је добра вест!

— Шта је добра вест?

— Јанко Милић каже да имамо среће.

— Какве среће? — збуњено је поновио Љубодраг.

— Јер још нисмо заглавили затвор! Каже да ћемо, ако будемо *чачкали мечку*, завршити у затвору. И ја, и ти, и он, а богами и Миленко Пенезић.

— Слушај, Теофиле, ја нисам мали, све ми се чини да ти мене зајебаваш!

— Исто сам и ја њему рекô, баш исто, и знаш ли шта ми је одговорио?

— Шта!?

— Ако ми не верујеш, ти иди у милицију, пријави да смо те ја и Миленко преварили, па ћемо сви да робијамо заједно. Ето, баш то ми је ракао.

— Мајку му лоповску! — пљунувши поред стола, сочно је опсовао Љубодраг Танкосић.

— Него, слушај ме сада добро — Теофил је значајно погледао у Љубодрага и наставио:

— За сваки случај, морамо да елиминишемо сведока.

— Па то смо се договорили. У недељу је хајка, све сам организовао. *Оно* је твоја ствар.

— Одлично, у недељу ћемо истерати вука из брлога. Мртва уста не говоре — одлучно су се погледали, подигли чаше и наздравили. Чинило им се да ће од недеље имати један проблем мање.

Из *Ерине кафане* су отишли свако на своју страну, размишљајући како да се реше непотребних сведока. Али, шумар није био једини сведок крађе државне шуме. Сведок је могао бити и Љубодраг, али и Теофил. Ортаци нису веровали један другом, па су им се у глави врзмале чудне мисли...

***

Лучоноша је и даље седео за столом. Са уживањем је одслушао њихов разговор. Уживао је у кварним људским плановима, које је лично иницирао. Волео је да гледа како зло које је посејао у људске душе даје резултате. То му је била храна. Људским гресима је задовољавао своју вечиту тежњу да зло доминира у човеку. Само ретки су се опирали, а такви су му баш требали. Требала му је Вукојева душа, која је, због љубави према Јелици, почела да мрзи! Да се ломи између добра и зла. Лучоноша је желео да упозна добру страну личности, коју никада није имао. Био је чисто зло, радознало чисто зло, које је желело да упозна свог непријатеља. Чисту љубав. Све је добро испланирао, хајка на вукове ће се претворити у хајку на Вукоја, а када хајка почне, планином ће потећи невина крв, којом ће нахранити своју сујету. Људи ће се претворити у звери. Тада ће се и Вукоје одрећи Бога!

Сетио се свих својих успеха. Користећи несавршену људску нарав, доказивао је *крстоношцу* да је јачи од њега, да на земљи побеђује зло! Да му Бог није скресао крила, и небо би било његово! Од Адама и Еве, користећи своје најјаче оружје, лучоноша пркоси небу, истини, љубави. Пркоси животу! Његови идеали су: лаж, мржња, смрт. Грех је био његова суштина. У борби за људске душе, лучоноша је користио своју интелигенцију и људску лаковерност. Претварајући лаж у истину, добијао је много следбеника, показујући бесмисао љубави, добијао их је још више! Када стане наспрам Бога, имаће у својим бисагама довољно грешних душа за коначну победу. Довољно доказа да је зло коначно победило! Само, да би разумео божје дело, требала му је душа која воли. Само тада би можда разумео божје страдање за невернике који га се свакога дана одричу, псују га и пљују. Сетио се како је лако поткупио Јуду и разуларену масу у Јерусалиму, сетио се тешког крста на Исусовим крвавим, ишибаним леђима, круне од трња на његовој глави, и његове неразумне љубави према људима. Поново је задрхтао од беса када се сетио да је, разапињањем на крст, Исус опрао све људске грехе. Лучоноши су требали векови да поново напуни своје бисаге грешним људским душама...

***

Сенке су се полако стапале у једва прозирни мрак када је Вукоје стигао до шумарске брвнаре. Чинило му се да није донео ниједну одлуку, а да је све решено, да лучоноша управља његовом вољом, осећањима, животом. Знао је да не сме да се препусти осећању мржње, али му је у телу играо сваки нерв. Са крвавим сликама у својој глави, ишчекивао је сутрашњи дан. Само би се на тренутак уплашио крвавог сценарија у својој глави и потражио помоћ.

— Помози, Боже — тихо је рекао и затворио очи. Удахнувши дубоко, опет је погледом обишао унутрашњост брвнаре у којој га је све подсећало на Јелицу. Питао се шта после. Када се мржње сударе, ником добро не доносе. Само је мржња јача, већа, гладнија. Расте! Поново тражи крв, а крви му је било доста у овом животу.

Невине мисли су му биле једини спас, вратио се тренутку њиховог венчања. Чинило му се да му се душа чисти, да га Богородица милује по глави. Осетио је дах преображења и врелину Јеличиних суза на свом лицу. Сетио се речи оца Теодосија:

Велико људско зло рађа у невином човеку осећај слабости, немоћи, мржње према другима. Али често рађа и љубав, веру и наду, духовну снагу праштања, која је јача од свакога зла. Пред речима оца Теодосија, повлачила се мржња из Вукоја, сузе су односиле крваве слике из његових мисли, али се ни зло није предавало. Вукоје се сетио и лучоношиних речи: *Шта ће ти душа која воли када је љубав између вас немогућа! Ваша тела су умрла. Твоје на Голом отоку, а њено у шуми. Продај ми душу која воли и бићете опет заједно. Као вук и вучица. Она не може поново да постане жена, али ти можеш да постанеш дивљи вук. Живећете вођени инстиктима, без љубави.*

На клацкалици између добра и зла, праштања и освете, између љубави и мржње, Вукоје се немоћно склонио у сан. Тамо је био безбедан, тамо га је чекала Јелица, њене топле усне и дах преображења.

Јеличин звонки смех се полако губио пред сланим мирисом топлог ветра и крицима гладних белих галебова. Разбијајући морску пену о камено острво, модри таласи су доносили брод са новим кажњеницима. Казнени шпалир је био спреман. Под врелим сунчевим зрацима осећали су се мириси мора, мржње и крви. Сужених погледа, с камењем у рукама, стари кажњеници су чекали нове, и команду да крвавим пиром на врелом камењу још једном ране своју горку, изгубљену душу. Вукоје је био међу њима, спреман да каменом у својој руци зада бол кажњенику који је био крив колико и он када је крочио на ово голо, камено острво. Овде се лако пребијало, убијало, сакатило, мрзело. На овом голом каменом острву, сва лица су била без кривице крива. А онда је Вукоје видео позната лица, чија кривица је сезала до неба. Уплашених, изгубљених погледа, жицом везаних руку, пред казненим шпалиром су немо стајали Теофил Балванић и Љубодраг Танкосић.

— Удри, удри банду! — чула се команда коју су стари кажњеници једва дочекали. Није им било први пут да осете туђу

крв на својим рукама. Када осетите укус своје крви, туђу лакше проливате! Крв само томе и служи, да буде проливена.

Страхом и жицом спутаних руку, штитили су се од кундака, чизама, песница, камења. Са неверицом у очима, уплашено су гледали изобличена лица кажњеника, која су у погледима носила поруку. Сви смо криви! Вукоје је високо подигао руку у којој је стезао бели голооточки камен, жедан крви. Када је угледао Љубодрагово уплашено лице, снажно га је ударио и избио му предње зубе. Један ударац није био довољан, наставио је да га удара и када је, изгубивши свест, Љубодраг пао на оштро врело камење. Онда се Вукоје окренуо према Теофилу, који је, у паничном страху, подизао везане руке изнад главе. Крвави камен, који је Вукоје чврсто држао у својој руци, сада је потражио Теофилову главу. Остављајући трагове по врелом белом камењу, крв је обележавала и Вукојеву рањену душу. Још једном је снажно замахнуо. Подигавши руку високо, чврсто је стезао камен као да скупља сву мржњу у себи, и снажно ударио Теофила у главу. Крв је шикнула из разбијене главе и попраскала Вукојево лице.

— Нееее! — вриснуо је и пробудио се у шумарској брвнари. Склупчан у ћошку кревета, Вукоје је уплашено брисао крваво лице. Тек када су утихнули крици галебова, а сунчеви зраци пробили ружне сенке, схватио је да је све био само сан. Јутро је отерало голоточке сенке из брвнаре, али је бол за вољеном женом заробио његову душу, заувек.

***

У рађању крвавог јутра, златом су се пресијавали борови на Златибору. У Вукојевом пробуђеном погледу наслућивала се решеност. Ово је било право време за освету онима који су му затрли дом. Сан га је још увек мучио, усмеравао, болео. Није био сигуран коју му је поруку донео, али је знао да му је доста проливања крви, и своје и туђе. Још само данас. Када је отворио врата брвнаре, она га је чекала. Предосећала је крваво јутро, преображење, које је већ доживела и, на неки начин, преживела. Умотала му се око ногу желећи да га спречи да направи корак ка злу. Њено цвилење га је натерало да чучне, да је рукама ухвати за главу и погледа у очи.

— Иди, спаси се! Данас ће те ловити, бежи! — није се ни померила, гледала га је Јеличиним очима, које су му говориле да у њој нема страха. Страха се решила у прошлом животу. Једино се плаши за његов живот, и он ће данас бити ловљен.

— Иди! — одгурнуо је вучицу рукама и устао, није више обраћао пажњу на њене очи и тужно цвилење, које му је парало срце. Ушао је у брвнару и узео двоцевку са зида, пребацио је ранац са храном преко рамена и изашао. Није више била ту. Послушала је инстикт, послушала је глас који је стрепео за њен живот.

Са великим олакшањем, брзо је кренуо ка Доњој Јабланици, ка месту где су се златиборски ловци и сељани окупљали за хајку на вукове. Поправивши шумарски шешир на накострешеној глави, хукнуо је и пустио корак. Овај дан га је подсећао на први радни дан као шумара. Био је млад, још увек није знао кога треба да се пази, животиња или људи. Након седам дугих, чемерних година, схватио је ко су праве звери. Човек је ту био непревазиђен. Али, ма колико покушавао да превари савест, није му успевало да се радује освети. Схватио је да ни Јеличина смрт, ни четири дуге године на голом каменом острву нису убиле последње зрно људскости у њему. Даривајући му савест на рођењу, Бог је зацртао линију коју никада не треба да пређе.

У центру Чајетине се окупила добро наоружана група ловаца и сељана, чврсто решена да хајком ослободи златиборски крај гладних вукова, који су све чешће силазили до торова. Хајка је била добро организована, па је само у овој групи било око педесет људи. У златиборским селима хајка на вука је био прворазредни догађај, у којем су сви радо учествовали. Али, после хајке, око вечерње ватре, ловачке приче су редовно добијале нове, обогаћене верзије, као да је *ловачка прича* рођена баш под овом планином.

***

Теофил Балванић је задовољно гледао у добро распоређене ловце, који су се, у размаку од десетак метара, пажљиво кретали пропланцима, усецима и шумарцима. Држећи керове на поводницима, полако су напредовали према Семенгњеву. Уживајући у погледу на крваво небо изнад Златибора, и лавежу нестрпљивих керова, у глави је премотавао све што је синоћ испланирао. Други га нису интересовали, били су му само сметња. Ово је била борба за опстанак његове породице. С њим су били његови старији синови, Јагош и Радош, док је најмлађи син, Арсеније, био у групи са Љубодрагом Танкосићем. Сви су били спремни да добијени задатак изврше без икаквог постављања питања. Теофил није праштао неодлучност, јавашлук, кукавичлук, неспособност. Од својих синова је тражио да бране интересе своје породице, а то је данас било најважније. А да би се то постигло, Вукоје Курјаковић не сме да преживи хајку. Када се сетио Вукоја, одмах се сетио и Љубодрага Танкосића. Због његове превртљиве прошлости, Теофил му никада није веровао, а данас му је, као сведок мутних радњи, постао и сметња.

Најбоље би било да се ни Љубодраг Танкосић не врати жив из хајке. Теофил је решио да му помогне у томе.

***

Трећа група, коју је предводио Љубодраг Танкосић, полако се кретала брежуљцима и густим растињем од Мачката према Шљивовици. За неколико несрећних зечева ово је било последње јутро, али од вукова ни трага ни гласа. Љубодраг није обраћао пажњу на то, знао је где је његов вук. Данас његова ловина неће бити трофејна. Њоме се никада неће хвалити, али ће се осигурати. Обрисаће трагове који воде до њега. Сетио се крваве зиме. Земунице. Погледа Драгутина Зеленовића и своје крваве четничке прошлости. И тада је маскирао своје трагове. Док је Љубодраг Танкосић планирао данашњи лов, није ни слутио да му Мијајло осветнички гледа у потиљак.

Мијајло је дочекао дан којем се дуго надао. Хајка на вука је била идеална прилика за враћање дугова. Сетио се четничких долазака, пијаног оргијања у његовој кући, и своје срамоте. Годинама није могао да погледа жену у очи. Дуг је дуг, то се не заборавља! Дуг мора да се врати. Дуго је гледао у потиљак Љубодрага Танкосића, стезао пушку у руци, ломио се, а онда се сетио Милана. Пред његовим тужним, плавим очима, освета је губила сваки смисао.

***

Прошли су сати у *чешљању* терена које није донело резултат. Увелико је прошло подне када су се три групе спојиле испод Виогора, направивши полукруг који се сужавао пред лаганим успоном и густом шумом. Овде је дневна видљивост била смањена. Густе гране мешовите шуме пружале су прогоњеним животињама последњу наду за спас. С пушком преко рамена, Вукоје се кретао поред Сретена Јањушевића, који је уживао у хајци. Тражећи вукове, свакога часа је подизао двоглед према шуми. После много неуспелих покушаја, срећа му се осмехнула.

— А... ево их — промрмљао је себи у браду, али га је Вукоје чуо.

— Шта видиш? — надао се да није видео вукове.

— Пар, Вукоје. Вук и вучица, на самој ивици шуме. Погледај! — док му је пружао двоглед, Сретен му је другом руком показивао где треба да гледа. Вукоје је одлучно узео двоглед и погледао у правцу испружене руке. После дужег тражења, кроз зеленило младе шуме, Вукоје је угледао оно што никако није желео да види. Док се вучица нервозно кретала око грана младе букве, вук је смирено гледао у њиховом правцу. Када је схватио да више немају времена за губљење, праћен вучицом која се није одвајала од њега, вук се окренуо и, кроз густо шибље, повукао у шуму.

Вукоје је поново осетио бол, њен живот ће још једном бити у рукама људи који убијају из задовољства. Као у сну, опет је видео унакажено, крваво Јеличино тело, и њено преображење у вучицу.

Из болних мисли га је вратило њено тужно завијање. Тражила је помоћ, његову помоћ. Док је враћао двоглед Сретену, размишљао је шта да ради. После дуго времена, срце му је ударало као лудо, морао је да стигне до ње пре осталих хајкача. Пустио је корак...

***

Теофил је волео шуму, мрак, дубоке, тамне сенке, које су верно криле његова недела. Погледао је у Јагоша, дао му знак и, са карабином у рукама, одлучно наставио да се креће према шуми. Права хајка је тек сада почела.

Са оружјем у рукама, хајкачи су се опрезно кретали кроз густу шуму. Сваким кораком су били ближи свом циљу, али нису сви учествовали у истој хајци. На том путу су страдале дивље свиње, лисице и зечеви, али су лукави вукови, још увек, били ван домашаја ловачког оружја.

Остављајући иза себе ловачке гласове, лавеж керова и неконтролисане пуцње, Вукоје је брзо савладавао успон према врху Виогора. Није имао времена да мисли на себе. Свој живот дугује Јелици, души заробљеној у телу вучице. Задихан и знојав, окретао је главу у свим правцима, али је шума добро скривала и ловце и ловину. Само што је застао да пажљиво ослушне шуму, нешто врело га је лизнуло по слепоочници. Срце му је ударало као лудо, па није ни чуо пуцањ. Тек када је прстима додирнуо чело, схватио је да је рањен. Бацио се на земљу размишљајући одакле је дошао пуцањ, али се брзо придигао и, као да се ништа није десило, кренуо напред. Само што је прешао двадесетак метара, зачуо се још један пуцањ и цвилење рањене животиње. Притрчао је месту одакле се чуло тужно цвилење и видео беспомоћног вука, који је крварио из ране на грудима. Вучица га није напустила, лижући му рану, покушавала је да му помогне. Када је видела Вукоја, свила му се телом око ногу и почела тужно да завија. Као да је завијањем призвала своје крвнике, ловци су били све ближи и гласнији. Вукоје се спустио на колена, погледао је у очи боје меда и рекао:

— Морамо да бежимо! Лове и мене и тебе — само што је направио неколико одлучних корака, погодио га је метак из добро скривеног оружја. Убрзано дисање и *бубњеви* у ушима су пригушили пуцањ, али је осетио бол. Пао је на земљу, брзо подвезао рањену ногу кожним каишем и устао. Љубав је била јача од бола, од страха. Са великим напором, наставио је да се креће кроз густу шуму. У глави му је била само једна мисао. Мора да је спасе. Вучица га је пратила цвилећи. Сваки његов корак болео је и њу. Са надом у спас, према врху Виогора пеле су се две прогнане душе.

Чинило му се да ће успети да се безбедно спусте на другу страну када је испред себе угледао Теофила са карабином у рукама. Тајац! Ледени осмех! Поглед пун мржње! Осмехнувши се судбини, Вукоје је осетио оштар планински ваздух и ватру у грудима, али не и бол. Док се врелина разливала у његовим грудима, чуо је још један пуцањ, пуцањ у вучицу. Њено болно цвилење га је заболело. Уместо вучице, видео је Јелицу како се бори за живот, како се њен осмех полако претварао у крвави, болни грч на лицу. Њено цвилење је пратило још једно репетирање карабина. Осетивши још један врео метак у свом телу, Вукоје се као суви лист полако спустио на меку земљу. Док се Теофил садистички осмехивао, Вукојева крв је натапала труло лишће, спајајући га са меком маховином, са шумом, са мирисима који су га годинама испуњавали, који су сада постајали део њега. Тешко дишући, уморним погледом је потражио вучицу. Погледи су им се срели, и тада је видео блесак у вучициним очима, њен дивљи скок и њене зубе испод Теофиловог грла. Изненађен вучициним скоком, Теофил је испустио карабин, покушавајући да се одбрани од њених зуба. Узалуд. Теофил је пао на земљу разрогачених очију. Сву своју снагу вучица је слила у последњи трзај и одгризла Теофилу јабучицу из грла. Док се Теофил гушио у сопственој крви, вучица је цвилећи допузала до Вукоја. Покривајући га својим телом, погледала га је Јеличиним очима боје бадема. Видео је у њима слике њиховог венчања, чуо је звона са небеске цркве и осетио дах преображења. Њена коса му је мазила лице док га је љубила, њене усне су поново биле латице ружа, руке бела месечина. Уплела су се два рањена тела, уплеле су се две рањене душе, поново су били заједно.

Привучен пуцњима, Љубодраг је први стигао до места где се Теофил, још увек, грчевито борио за живот. Док је Теофил беспомоћно пружао крваве руке према њему, Љубодраг се окретао око себе, покушавајући да схвати шта се десило. На његовом изненађеном лицу бориле су се две емоције, смењивале су се неколико тренутака, да би, најзад, победила она искрена. Љубодраг више није могао да сакрије осмех. Био је срећан и задовољан, није упрљао руке, а Вукоје и Теофил су мртви. Још увек је на његовом лицу титрао осмех када се зачуо још један пуцањ. Изненађено је погледао ка земљи, не верујући да је Теофил последњом снагом повукао обарач на карабину. Без осмеха на лицу, са неверицом у погледу, и смртоносном раном у грудима, Љубодраг Танкосић је пао на колена. Било му је хладно. Осетио је снежне пахуље на свом лицу и видео крваве трагове у снегу. Најзад су га стигли! Драгутин Зеленовић је дошао по њега. Затворивши очи, последњи пут је удахнуо лепљив, тежак, крвав зимски ваздух и издахнуо.

На небу изнад Виогора појавио се памучни бели облак са плавим очима и златним ореолом око главе. Раширених руку је дочекивао невине душе, које су се полако уздизале ка небу. Ка божјим, златним бисагама. Док су се душе пуне љубави спајале с небом, лучоноша је пунио своје црне бисаге грешним, мржњом зараженим душама. Није био задовољан. Љубав је победила. Мада је Вукоју Курјаковићу уништио живот, није га убедио да се одрекне љубави, да се одрекне Бога. Лучоноша је изгубио још једну битку. Протећи ће дани, године, векови, протећи ће све време овог света, а лучоноша неће разумети божју љубав. Никада неће схватити да му за љубав није потребно тело. За љубав је довољна душа!

Зашто смо јурнули у бесомучну хајку на душе, сами против себе? Братислав Росандић је о нашем једноумном суду, који се окоренио после Другог светског рата, писао критички, *без длаке на језику*. Допустио нам је, без дечјих страхова, двогледање с оне стране огледала да би се видели и ми и они, политички сезонски радници. У добром злу!

Схватали ми то или не, од малих ногу смо заогрнути плаштом метафора. Маскама, лажима, тајнама и људским драмама. И у сну и на јави, јер без јаке драматике, нема добре прозе. Драматургија овог романа је импресивно и суштаствено поткопана иронијом људске судбине, оличене у егоистичном метежу интереса и скрнављењу људске доброте. Роман нам снажно осликава дилеме, мржњу, лутања, грех, противречности идеала и ветроломно усудне опомене покајничког времена, које храмајући упорно прати наше грешне трагове, узалудно ишчекујући подвижништво преображења.

Узбудљива и фикцијска трансформација Јелице у вучицу, уз познат присет да је човек човеку најкрволочнија животиња, је, вероватно, најдубља трагика опстајања у нашем зверињем амбијенту, где се не подноси слобода мисли и духа, јер смо политичким једноумљем одавно заражени вирусом утопије. У закоричју је богата изложба разноликих карактера, који цвиче над својим, од кириције купљеним судбинама. У ђавољој трговини грешним људским душама, аутор је својим пером, мудромислено учинио вивисекцију злог времена, које се, са свим људским наопакостима, протезало у полувековно лицкање истинитим лажима. *Хајка* је дидактички светионик у девет богатих слика, које маскираним, узрочно-последичним деловањем стварају крваву, осветничку хајку на душе. У књижевности нема ништа случајно, па је роман напојен преиспитивањем прошлости, коју морамо памтити, али јој и христијански praштати. Осећај аутора за ток мисли и скрхане емоције је бисер нарације у облику лекције хуманости катарзичног јунака, из чије судбине се наслућује да би свака идеологија, пре свега, требало да следи људскост, поштење, моралност, али...

У недостатку свега тога, без зрна божје савести у људима, над поштеним, беспомоћним човеком се врше највећи злочини у име личног интереса. Кад се морално неморални обзири сагледају, стижемо у време чуда по Бориславу Пекићу, а какво је време стигло у хајци на душе, просудите сами после излиставања романа.

На окрајку августа 2021.
Слободан Тодоровић

Братислав Росандић рођен је у Ђураковцу, малом метохијском месту, које је оставило неизбрисив траг у његовом одрастању. У породици просветних радника, рано открива свет књиге, али му је дуго требало да у писању пронађе смисао свог живота. Мада је завршио вишу економску школу, у души никада није био економиста. Његова љубав је писање, и то је данас једино у чему искрено ужива. Његов први роман: *Лавина са Проклетија*, објавила је 2013. године издавачка кућа „Књижевна омладина Србије“, на чијем је конкурсу за прву књигу роман добио трећу награду. Његов други роман: *Душе селице* објављен је 2015, а трећи роман: *Хајка* 2021. године. Четврти роман: *Сава памти* објавио је 2023. године, када објављује и прву збирку песама: *Мастило у венама*. Члан је „Књижевног клуба 21“ из Смедеревске Паланке, у којој данас живи и бави се књижевним радом.

САДРЖАЈ

Братислав Росандић
ХАЈКА

Друго издање
Лондон, 2024

Издавач
Globland Books
27 Old Gloucester Street
London, WC1N 3AX
United Kingdom
www.globlandbooks.com
info@globlandbooks.com